2時間でおさらいできる

源氏物語

竹内正彦

大和書房

はじめに――一気に源氏物語の深みへ！

あなたは源氏物語をどれくらい知っていますか？　おそらく、学校で習った程度にはという方が多いのではないかと思います。源氏物語は「古典」を代表する作品のひとつですから、受験勉強のために取り組んだという方もいるでしょう。

ただ、世界最古の長編小説といわれる源氏物語は、古語で書かれた長大な物語であるため、現代に生きるわたしたちは、この物語に親しむどころか、読み通すことさえままなりません。「いづれの御時にか」という冒頭は有名ですが、源氏物語の文学作品としてのおもしろさはなかなか知られていないようです。

たしかに、源氏物語は、今からおよそ千年前の平安時代に書かれた「古典」です。しかし、博物館の展示ケースのなかに入れて眺めるような過去の遺物ではありません。現代のわたしたちの胸にも突き刺さる生きた文学であり、しかも、現代の文学さえ及ばないほどのおもしろさを持った作品なのです。これほどの文学作品を楽しまない手はありません。

けれども、源氏物語のどこがそんなにおもしろいのかがわからないと、なかなか読んでみようという気持ちも起こりません。そこで、この本では、源氏物語の内容とその魅力を、コンパクトに、しかも源氏物語にはじめてふれる方々にもわかりやすくご紹介します。まず各巻ごとのあらすじを読み、あとに続くその巻のおもしろさのエッセンス、いわば読みどころの解説へと進んでください。読み進むうちにきっとあなたも、源氏物語の魅力に夢中になるはずです。

源氏物語は五十四巻からなりますが、本書では内容によってそれを八つの章に分けました。一般に知られている、源氏物語全体を三部に分ける考え方（三部構成説）にあてはめると次のようになります。

第一部　光源氏の前半生　　第一章～第五章

第二部　光源氏の後半生　　第六章
第三部　光源氏の没後　　第七章・第八章

各章のはじめには「1分で納得！　源氏物語の世界」と題したポイントを置きましたので、そこでおおまかな内容をとらえたうえでそれぞれの物語を味わっていくと、全体像がつかみやすいでしょう。また、巻末の各章ごとの系図や年立（年表）は、人間関係や時間の流れを理解する手助けとなると思います。

古典についての特別な知識がなくても大丈夫。あなたを一気に源氏物語の深みへとご案内します。

二〇一七年春

竹内正彦

2時間でおさらいできる源氏物語 【目次】

第五章 栄華

第六章　晩年

付録

第一章 誕生

Tanjo

「桐壺」「帚木」「空蟬」「夕顔」

Kiritsubo, Hahakigi, Utsusemi, Yugao

❖物語の主人公は、神々の子孫?

源氏物語は「**桐壺**(きりつぼのまき)」巻からはじまります。この巻で最初に語られるのは、**主人公である光源氏(ひかるげんじ)の誕生にまつわる物語**です。

かぐや姫や桃太郎など、私たちがよく知っている昔話も、「むかし、むかし、ある所におじいさんとおばあさんが住んでいました」と、主人公が登場する前の話から語り出します。その主人公がどのようにして誕生したのかということを語るのが、神話や伝説をはじめとした日本の伝統的なお話の語り出し方なのです。

また、かぐや姫や桃太郎は、竹や桃の中から生まれます。主人公に人間の父や母がいないというのも伝統的なお話ではよくあるパターンです。そこには主人公は、普通の人間ではなく、神々の子孫だという考え方があります。光源氏が人間を超越したスーパースターのように語られるのもそのためなのです。

❖人間の物語としての源氏物語

しかし、源氏物語は伝統をふまえながらも、あくまでも血の通った人間の物語を語

っていきます。光源氏は竹や桃の中から誕生するなどといったことがないかわりに、はやくに母を亡くしてしまいます。紫の上や女三の宮など物語の主要な登場人物たちが、やはり母を亡くしているのも偶然ではなく、物語の伝統に沿うものであったといえますが、**光源氏は母を失うことによって、大きなものを失った存在として人生を歩み出す**ことになります。物語ではスーパースターもまたひとりの人間として描かれていくのであり、そこに源氏物語の魅力のひとつがあるといえます。

❖本筋から外れた逸話を語る帚木三帖

「桐壺」巻につづく「**帚木**」「**空蝉**」「**夕顔**」巻は**帚木三帖**とも呼ばれます。そこでは十七歳となった光源氏の恋の冒険といった内容の話が語られていきます。「桐壺」巻で語られていた藤壺への思慕などの主題は、この三巻を飛び越えて、後の「若紫」巻に引き継がれていきますので、帚木三帖は、光源氏の物語の本筋から外れた逸話というとらえ方ができます。そして、**さまざまな女性たちに恋をする光源氏**というイメージは、とくにこうした逸話的な部分から生み出されているのです。

一 桐壺

光源氏の誕生

あの人しかいない

ものがたり▼ どの帝が世を治めている時代のことでしたか、多くの夫人たちがひしめく後宮に、帝の愛情をほしいままにするひとりの女性がいました。あまり身分が高くはなかったこの女性（**桐壺更衣**）に対し、第一皇子（後の**朱雀帝**）の母である**弘徽殿女御**をはじめとして、後宮のだれもが嫉妬します。やがて帝（**桐壺帝**）と更衣との間にこの世のものとも思えない美しい男の子が誕生しますが、もはやそのことさえも更衣を迫害する理由にしかなりません。病がちとなった更衣は、男の子が三歳になった年に亡くなります。帝の悲嘆はこのうえありません。輝くばかりに成長していく男の子は、学問や音楽の道にも才能を発揮していきます。しかしこの子の将来を案じた帝は、「源」姓を与えて臣籍に降下させることとします。

帝は、更衣によく似ている**藤壺**を後宮に迎えます。男の子も藤壺に親しみ、ふたりは「光る君」「かかやく日の宮」と呼ばれます。この光る君（**光源氏**）は十二歳になって元服し、**左大臣**の娘である**葵の上**と結婚しますが、その胸の奥底には、義母である藤壺へのやみがたい思慕の念が巣くっていたのでした。

◉後宮に集められた女性たちは家の命運を背負っていた

「いづれの御時にか、女御、更衣あまたさぶらひたまひける中に、いとやむごとなき際（きは）にはあらぬが、すぐれて時めきたまふありけり」。源氏物語は、このような有名な一文によって幕を開けます。「御時」とは帝が位にいる時のこと。物語は、桐壺帝と呼ばれるこの帝が、「女御」や「更衣」といった**夫人たちが多くいるなかで、あまり身分の高くないひとりの女性だけを愛した**のだと語り出すのです。

帝の夫人たちは、正夫人というべき中宮を筆頭に、家柄によって女御、更衣という序列が決められ、後宮と呼ばれる建物群（七殿五舎）に住んでいました。高い身分の女性たちほど、弘徽殿や飛香舎（ひぎょうしゃ）（藤壺）といった清涼殿に近い殿舎に住むことになっており、淑景舎（しげいしゃ）（桐壺）は最も遠いところにありました。

物語の背景となっている平安時代中期は、貴族のなかでも藤原氏がとても大きな力を持った時代でしたが、藤原氏は帝になることはできませんので、帝を味方にしなければなりません。確実な方法は帝の母方の親戚（外戚）になることです。当時、生まれた子どもの養育は母方が担ったため、子どもに対する外戚の発言力は絶大なものがありました。藤原氏は、自分の娘を帝に嫁がせ、生まれてくる男子が次の帝になることを期待します。もし自分の娘の子が帝になることができれば、帝の母方の祖父（外祖父）として世を動かすことができるようになるというわけです。しかし、他の家の娘の子が帝になってしまったら、そちらに政権が移り、家そのものが没落してしまいます。入内（じゅだい）して帝の夫人となった女性たちは、まさに家の命運を背負っている存在でした。

◉帝の愛情は「政治」である

後宮においては、帝の愛情はまさに政治そのものです。**帝には、後宮の女性たちを身分という秩序に応じて愛することが求められました。**もしも、帝がたったひとりの、しかも身分の高くない女性を深く愛してしまったら、どうなるでしょう？　当然、その女性との間に将来の帝が誕生する可能性が高くなります。それは後宮の他の女性たちはもちろんのこと、その実家の貴族たちにとっても見過ごすことができない事態です。場合によっては帝を退位させるなどのクーデターに発展するかもしれません。

そうならないためには、帝は秩序にしたがい女性の身分に応じて愛さねばならなか

ったのであり、それが帝に課せられた後宮における掟なのでした。

◉帝は、掟を破ってたったひとりの人を愛した

物語の冒頭では、女御や更衣が大勢いたとしながら「中宮」の存在が語られていません。桐壺帝の後宮では大勢の夫人たちが中宮の座をめざして日々しのぎをけずっています。しかし、肝心の帝は、そうした女性たちをかえりみることなく、ただひたすら桐壺更衣という女性だけを愛しているのです。

帝の純愛。けれども愛されなかった女性たちはどうなるのでしょうか？　掟を破っているのは帝です。後宮の女性たちは嫉妬というかたちでそれに抗議し、貴族たちも諫言しますが、帝の愛情は深まるばかり。嫉妬は迫害となり、更衣を死の淵に追い込んでいきますが、それでも帝はこのひとりの女性を愛さずにはいられないのでした。

光源氏の誕生は、母である更衣の死を決定づけたといってもよいでしょう。たったひとりの人を愛し抜くというふたりの愛は、宮中の掟の前についえるのです。しかし、父と母が試みたこの愛のあり方は、**藤壺への思慕**というかたちで光源氏に引き継がれていきます。ただ、その**最も愛する人が最も愛してはならない人**なのでした。

帚木(ははきぎ)

雨夜の品定め

本当の恋は町のなかに隠れている

ものがたり▼　十七歳となった**光源氏**には、さまざまな女性との噂が絶えません。浮わついた恋などは好まない性分とはいいながら、苦しい恋に身をまかせるといった癖も持っており、時には目にあまる色恋沙汰もあったようです。

近衛中将(このえのちゅうじょう)となっていた光源氏は、正妻である**葵の上**が住む**左大臣**家に足を向けようともしません。とある五月雨(さみだれ)の夜、宮中に宿直(とのい)している光源氏のもとに葵の上の兄の**頭中将**(とうのちゅうじょう)が訪れてきます。光源氏の親友である頭中将も正妻である**右大臣**の**四の君**に親しまず、他の女性たちと浮き名を流していました。自然、ふたりの会話は女性のこととなりますが、そこに**左馬頭**(さまのかみ)と**藤式部丞**(とうしきぶのじょう)も加わって、女性談義（雨夜(あまよ)の品定め）が交わされます。とくに中流の女性（中(なか)の品(しな)の女）たちについてのさまざまな体験談を聞くにつけ、**藤壺**にまさる女性はいないと思わずにはいられない光源氏でした。

翌日、光源氏が方違え(かたたがえ)に出かけた**紀伊守**(きのかみ)邸には、紀伊守の父親である**伊予介**(いよのすけ)の若い後妻である**空蝉**(うつせみ)が来合わせていました。一夜限りの契りを結んだ光源氏の胸には空蝉のことが深く刻み込まれますが、身分違いの恋に空蝉は固く心を閉ざすのでした。

◉光源氏はなぜさまざまな女性たちを愛するのか？

「帚木」巻は、「光る源氏、名のみことごとしう……」と語り出されます。「光源氏」という名ばかりがたいそうな噂となっていますがと、**光源氏の軽々しい恋が世間の評判となっている**ことがひそひそと語りはじめられるのです。

ここで語られる光源氏の印象は、世間から「光る君」と呼ばれていた「桐壺」巻とはずいぶん違っているようです。「桐壺」巻の終わりで十二歳だった光源氏も、「帚木」巻では十七歳。その間、物語には四年の空白期間がありますから、いろいろな経験やそれにともなう成長といったことも考えたくなります。しかし、この印象の違いは、光源氏という人物の別の側面が描き出されたことによるのです。

さまざまな側面を持つ光源氏という人物をまとめあげているのが、いろごのみという性質です。**光源氏は、一般に、好色な人物とされることがありますが、好色といろごのみは異なります。**いろごのみは、古代の帝王の理想的な姿をさします。古代の帝王は、国々の神々を祀る女性たちを手元に置き、それらの女性たちを満足させることによって、国々を平穏に治めていたとされます。古代の帝王は女性たちをひきつけてやまない大きな魂を持っていなければならなかったのであり、光源氏はその姿を受け継ぐべき、いろごのみの王者の資格を持った人物なのでした。

◉光源氏は普通の恋を好まない

「桐壺」巻から続く「帚木」「空蝉」「夕顔」巻では、光源氏と**中の品の女性**たちとの交流が語られます。中の品とは、身分などによって階層を上・中・下の三つに分けた、その中間にあたる階層をさします。この時代、上流貴族である光源氏の恋愛の対象は、普通、家柄もよく勢力もある上(かみ)の品の女性ということになります。左大臣家の娘である葵の上などがその典型です。けれども、**光源氏はこの普通とか、典型とかいわれる恋を好みません。**やっかいな恋心ともいえますが、それによって新しい出会いも生まれていきます。

中の品の女性とは、たとえば、もともと家柄は悪くはないものの今は落ちぶれているなどの事情を持った女性たちのことをいいます。下(しも)の品はさすがに対象外となりますが、世間に知られていない中の品の女性たちの存在は、光源氏に新たな恋のはじまりを予感させます。**帚木三帖**と呼ばれる「夕顔」巻までの三巻には、**本来であれば内**

緒にされるはずの中の品の女性たちを対象とした逸話が語られているのです。

◉雨夜の品定めが光源氏を恋の冒険へと向かわせる

「帚木」巻の女性談義を**雨夜の品定め**といいます。そこでは、理想の妻は得がたいことが述べられたうえで、男性たちの体験談が語られていきます。左馬頭は、嫉妬深さから指にかみついた女性（指食いの女）の話、風流ぶって「木枯らし」の歌を歌った浮気な女性（木枯らしの女）の話をして、真心の大切さを説きます。頭中将が話したのは、子どもまで授かったものの、本妻におどされて姿を隠してしまった可憐な女性の話。ふたりが交わした歌から「常夏（とこなつ）の女」と呼ばれますが、この女性は後に夕顔として登場してきます。そして、藤式部丞は博士の娘の話。逢えない理由を風邪の薬として蒜（ひる）（にんにく）を食べたためと述べたことから「蒜食いの女」と呼ばれますが、学問があり、理性的であることが笑いの対象となってしまいます。

藤壺への思いを抱える光源氏は、聞き役に回るばかりでしたが、**雨夜の品定めが光源氏の恋の対象を広げた**ことは確かです。中の品の女性への興味は抑えきれないほどふくらみます。光源氏の恋の冒険は、こうしてはじまるのです。

三 空蝉（うつせみ）

空蝉との恋

この衣はあの人の香りがする

ものがたり▼　「帚木」巻で契りを交わした**空蝉**のことを思うと、**光源氏**は夜も眠れません。この私が疎まれるなんて初めてのことだ――。光源氏は涙を流すのでした。

どうしてもあきらめきれない光源氏は、空蝉の弟である**小君**（こぎみ）の手引きによって**紀伊守**邸を訪れ、紀伊守の妹（**軒端荻**（のきばのおぎ））と碁を打っている空蝉を垣間見（かいまみ）ます。軒端荻が目を引く容貌でとても魅惑的であるのに対して、空蝉は目も腫れぼったく鼻筋も通ってはいません。けれども、光源氏は、器量がよいとはいえないこの空蝉のたしなみの深さに心ひかれるのでした。

人びとが寝静まった後、光源氏は空蝉の寝所に忍び込みます。暗闇に漂ってくるえもいわれぬ香りと近づく衣ずれの音。いちはやく気配を感じた空蝉は、傍らに眠っていた軒端荻を残して、そっと起き出して逃れていきます。残念に思いながらも軒端荻と一夜を共にした光源氏は、空蝉が脱ぎ残していった薄衣を持ち帰るのでした。

光源氏からの歌を取り次ぐ小君を空蝉はきつく叱ります。しかし、父親が存命の時に出会っていたらという思いも打ち消すことができない空蝉なのでした。

◉空蝉は生きるために受領の後妻となった

空蝉の父親は、中納言で右衛門督（うえもんのかみ）を兼ねた人であり、生前、帝に対して空蝉を宮仕えに出したいとの意向を漏らしていたといいます。この父親も、娘に将来の帝が誕生して、権勢を誇る夢を見ていたのでしょう。大臣にはなれそうもない状況のもと、やや不遇な立場を逆転したいとの思いもあったのかもしれません。ところが、この父親は亡くなり、夢ははかなく消え去ってしまいます。弟の小君はまだ幼く、有力な親戚もいなかったようです。頼るものもなく、女性が貴族社会で生きていくのは容易なことではありません。**入内をも期待された空蝉が、伊予介という年の離れた受領（ずりょう）の、しかも後妻になったのは、まさに生きるためのやむを得ない選択だったのでした。**

平安時代、地方の国々には国司が置かれ国守（受領）が任命されていました。受領は、その国に対して徴税を含めたとても強い権力を持っていたため、莫大な私財を蓄えることができました。ただ、身分は高くなく、殿上人（てんじょうびと）と地下人（じげにん）の間程度です。受領は、蓄えた財力によって受領の任命権を持つ権勢家に対し任官活動を活発に行ったりもしましたから、貴族たちにとってはやや見下す対象となっていました。

空蟬が受領の後妻となったのはその財力を頼りとしたからこそでした。空蟬は悔しい思いを抱え、唇を噛み締めて伊予介のもとに嫁いだのです。

◉空蟬は、だからこそ光源氏を拒む

中納言兼右衛門督の娘で受領の後妻となった**空蟬は中の品の女性**だといえます。雨夜の品定めを聞いた光源氏が空蟬に逢ってみたいと思ったのも無理のないことでした。ただ、いくら光源氏でも、滞在先の紀伊守邸でそう容易に空蟬と逢うことができるものなのでしょうか？

紀伊守邸に方違え（かたたがえ）に出かけた光源氏は、お酒や料理による接待を受けます。当時、方違えにやって来たものにはそのようなもてなしをするというのが習慣でした。その紀伊守に向かって、光源氏は、冗談めかしながらも女性によるもてなし（一夜妻（ひとよづま））を求めます。光源氏が空蟬の寝所に行った折、部屋の内部から鍵は掛けられていませんでした。もちろん、空蟬が掛け忘れたとは考えられません。受領である紀伊守は、今をときめく光源氏の意向に従うしかなかったのです。

やむなく一夜を共にしたものの、それ以降、空蟬は光源氏を拒み通します。もとよ

り光源氏が嫌いというわけではありません。**受領階層の自分が光源氏から与えられるのはかりそめの愛、そんな愛などいらない――**。それは受領の後妻に身を落としてしまった我が身を見つめた空蟬の、やはり悲しい選択だったのでしょう。

空蟬には、同じく受領階層の娘であった作者・紫式部自身の姿が投影されているという説もありますが、この物語の作者はそう単純な人ではなさそうです。

◉光源氏は空蟬の衣を抱きしめた

空蟬が残していった薄衣には、空蟬の香りが染みついていました。光源氏は、持ち帰ったそれを抱きしめて眠り、いつも身近に置いて見つめていました。田山花袋（かたい）の『蒲団』という小説を思わせるふるまいですが、ここは古代における衣についての感覚をおさえるべきでしょう。古い時代、衣にはその人の魂が宿ると考えられていました。帝の魂が籠（こ）もる衣を臣下に与える衣の贈与は、このうえない褒美（ほうび）でした。現代でも形見分けとして死者の着物を分与することがありますが、これももとは同じ考えによるものです。光源氏は、文字通り、空蟬の身代わりを抱きしめるのであり、そこには空蟬への強い執着があるのです。

STORY

四 夕顔（ゆうがお）

夕顔との恋

あなたは誰？

ものがたり▼ **光源氏**が**六条あたりの女性**のもとに通っていたころ、病を得た**大弐（だいに）の乳母（めのと）**を五条に見舞った光源氏は、夕顔の白い花が咲く隣家に興味を抱きます。光源氏に命じられた随身（ずいじん）が門内に入って花を折ると、家の中から現れた女童（めのわらわ）が花を載せるよう白い扇を差し出します。扇にはその家の女性（**夕顔**）の歌が書かれていたのでした。

やがて光源氏は乳母子である**惟光（これみつ）**の手引きによって、正体を隠したまま夕顔のもとに通うようになります。夕顔も自身の素性を明かすことはしません。けれども、光源氏は、この夕顔との愛にただひたすら溺れていきます。

八月十五日の夜、夕顔の宿に泊まった光源氏は、翌朝、夕顔を廃院に誘ってふたりだけの時間を過ごします。夕顔も光源氏に打ち解けてきたように見えます。ところが、その夜半に現れた霊物によって夕顔は取り殺されてしまったのでした。

悲しみのあまり病に臥す光源氏。夕顔が**頭中将**のかつて通っていた女性であり、三歳になる女の子（後の**玉鬘（たまかずら）**）もいたことを聞いたのはようやく病が癒えてのことです。

伊予に下る**空蝉**に薄衣を返した光源氏は、折からの時雨（しぐれ）に物思いにふけるのでした。

◉夕顔は遊女のような女性か？

夕顔のことを遊女のようだと評したのは、源氏物語の現代語訳も残した作家、円地文子でした。遊女は、江戸時代の遊郭の女性です。なぜそのような見方がされるのでしょうか？　その理由のひとつに、出会いの際に光源氏に贈られた、「**心あてにそれかとぞ見る白露の光そへたる夕顔の花**」（あて推量にそれではないかと拝見しております。白露の光を添えている夕顔の花を）という歌の存在があります。古くから、この歌の「それ」は光源氏のことをさしていると理解され、「あなたは光源氏様ではないですか？」と夕顔が呼びかけた歌だと受け取られてきました。そのように理解すると、路上の男性にむけて家の中から女性が積極的に呼びかける歌になりますので、たしかに、遊女のような雰囲気を漂わせているようにも思われます。

この歌をめぐっては、作者の失策だとか、夕顔は元恋人の頭中将がやってきたと誤解したのだなどの意見も出されてきましたが、近年では、「それ」は夕顔の花をさすと解し、**光源氏に夕顔の花をさしあげる折の挨拶の歌**として理解する説が有力です。花の名前を尋ねる光源氏に、その歌によって答えたとすれば、夕顔は自分から男性に歌を詠みかける、遊女のような女性ではないということになります。

◉名前を教えないことは、心を守ること

それでは夕顔はどのような女性だったのでしょうか？　驚くほど素直で、おっとりとして、ひたすら幼い様子であるものの、男女の仲を知らないというのでもないようだというのが、夕顔に対する光源氏の評です。幼いと思えば大人っぽく、素直かと思えばそればかりではないようです。**夕顔は実にとらえどころのない女性であり、光源氏はその謎めいているところにひかれていく**のでした。

夕顔は光源氏に自分の名前を教えません。平安時代、名前はとても重要なもので、本名を知られると、その人の思い通りになってしまうという考え方がありました。男性が女性の名前を尋ねて、女性が教えてくれたら結婚を承諾したということになりましたから、女性はむやみに名前を明かしませんでした。**女性の名前はその女性の心そのもの**だったのです。夕顔は名前を教えないことによって、自身の心を守っていたのでしょう。光源氏のことばやふるまいには応じますが、自分の心は必死に守ります。それが夕顔という女性の誇りだったのです。

夕顔の最初の歌も、花の名前をたんに答えたものではないでしょう。花の名前を答えることは自分の名前を教えることをさします。夕顔は、光源氏が夕顔の花を手にした状況を念頭に置いて、あなたが持っている「それ」こそ夕顔の花でしょうと応じ、その詠みぶりに光源氏の心はとらえられたのです。夕顔は本心を隠してその場その場でさまざまな答え方をします。謎めいた夕顔像はそのようにして生まれていくのです。

謎めいたまま夕顔はふいに霊物に取り殺されてしまいます。そして光源氏には夕顔との甘美な思い出だけが残されたのでした。

◉夕顔を取り殺したのは六条御息所？

光源氏がこのころ通っていた六条あたりの女性とは**六条御息所**（ろくじょうのみやすどころ）のことをさしますが、六条御息所は後の「葵」巻ではもののけとなって葵の上を取り殺すことになります。夕顔を取り殺した廃院の霊物についても、この六条御息所か、屋敷に憑いた霊物かといった議論があります。霊物を見た光源氏が六条御息所だと認識していないことなどから、六条御息所ではないとするのが正しいのでしょう。しかし、いくら否定しても六条御息所説は消えることはありません。そこにもこの物語の巧みさがあるのです。

内裏図

平安時代、政治の中心は内裏にありました。天皇が常住するのが「清涼殿」で、殿上人の詰め所である「殿上の間」もそこにありました。清涼殿の北側には天皇のキサキたちが住む後宮（七殿五舎）がありました。

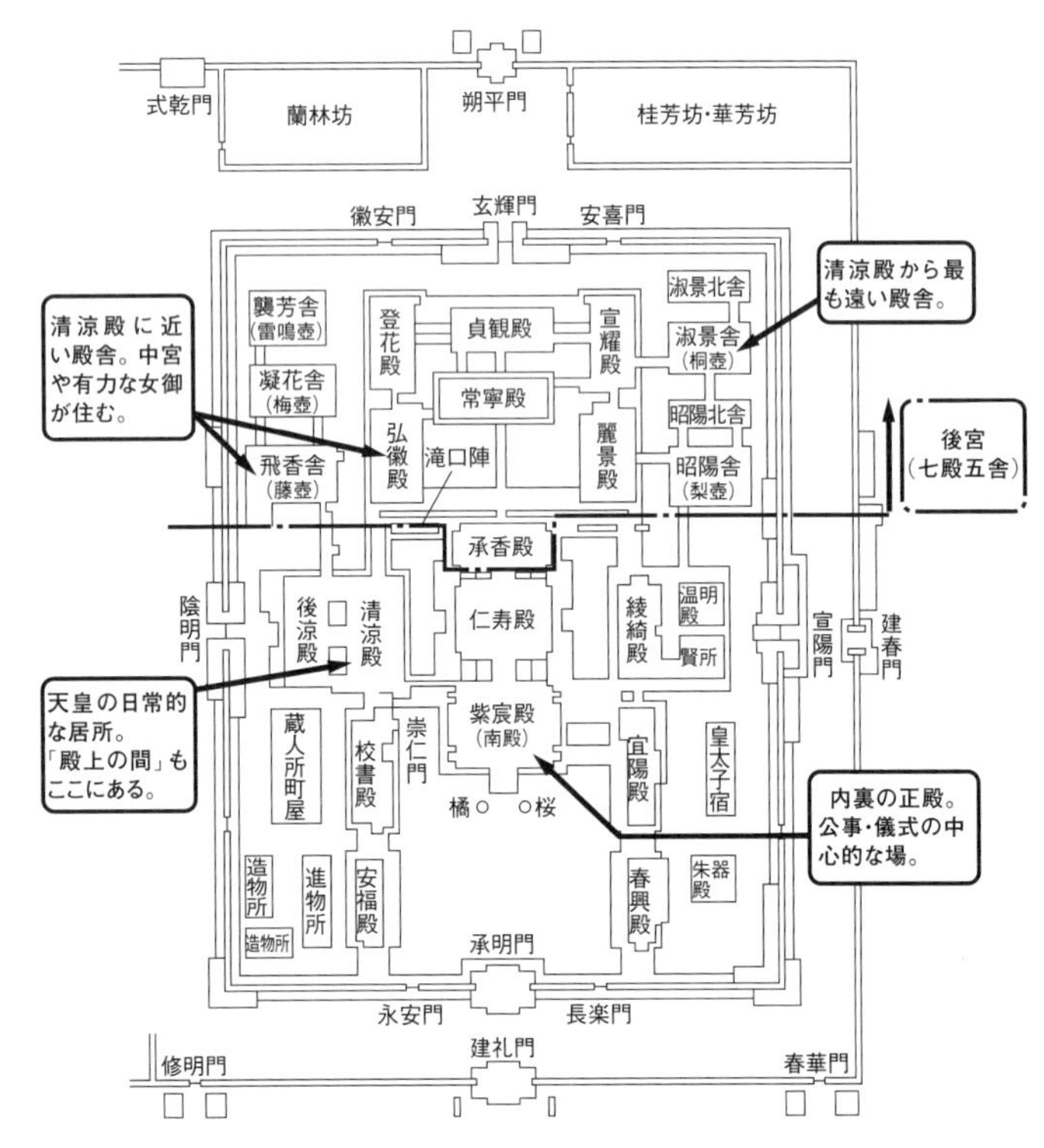

（秋山虔他編『源氏物語図典』小学館をもとに作成）

第二章 密通

Mittsu

「若紫」
「末摘花」
「紅葉賀」
「花宴」

Wakamurasaki, Suetsumuhana, Momijinoga, Hananoen

❖ 光源氏が愛する「紫のゆかり」

「**若紫**」巻で登場する**紫の上**の「紫」は、紫草にちなんでいます。古今和歌集には「紫のひともとゆゑに武蔵野の草はみながらあはれとぞ見る」という歌があります。一本の紫草があるために武蔵野の草すべてに心ひかれるという歌で、ここから「紫」にいとしい人の縁者という意味が生まれます。伊勢物語の初段では、初冠をすませた昔男が、春日の里で垣間見た若い姉妹に対して「春日野の若紫」とはじまる歌を詠みかけています。「若紫」は若い姉妹のことで、「若紫」巻の巻名はこれに由来します。

紫の上は藤壺の姪という縁者にあたる少女であるため「若紫」ということになります。「若紫」巻で垣間見られるのは紫の上ひとりですが、伊勢物語をふまえると、光源氏がそこに縁者である藤壺を重ね合わせていることがよくわかります。**「若紫」巻には、描かれない部分にも藤壺の存在が重く語られている**のです。

後に光源氏の正妻になる**女三の宮**も藤壺の姪です。**藤壺、紫の上、女三の宮**は、**紫のゆかりの女性**とされます。光源氏が生涯を通じて愛していく紫のゆかりの物語がここにはじまるのです。

❖中の品の女性としての末摘花

「**末摘花**(すえつむはな)」巻は、「若紫」巻と同じ、光源氏十八歳の折のことを描いています。このように並行した時間を描いている巻は、「**並びの巻**」と呼ばれます。帚木三帖もそれに含まれます。「**末摘花」巻は、「夕顔」巻を受けて中の品の女性との恋を語る巻**なのです。たしかに、末摘花は没落した宮家の姫君で、世間から隠れるように暮らしており、恋の冒険の相手としての条件を十分に満たしています。ところが意外な結末が待ち受けています。ここでは、光源氏が隠しておきたい、失敗した恋が語られるのです。

❖光源氏がいちばん美しい時代

「**紅葉賀**(もみじのが)」「**花宴**(はなのえん)」**巻**では、まさに光り輝く**光源氏が描かれます**。なかでも青海波(せいがいは)を舞う光源氏の姿は後世に語り継がれるものです。光源氏十八歳から二十歳。父帝の庇護も厚く、この時代の光源氏は最も美しいといってよいでしょう。しかし、一方で**罪の子も誕生します**。光と影——光源氏はその両者をあわせ持つ主人公なのです。

STORY

五 若紫（わかむらさき）

紫の上の登場と藤壺との密通

それでも愛さずにいられない

ものがたり▼ 瘧病（わらわやみ）をわずらった**光源氏**は、治療のため北山のなにがし寺に**聖**（ひじり）を訪れます。北山からの景色を見ながら**明石の君**（あかしのきみ）の噂話などに耳を傾けた後、ある僧坊を垣間見た光源氏は、**藤壺**の面影を宿す、十歳ほどかと見える少女に目を奪われます。

この少女は、**兵部卿宮**（ひょうぶきょうのみや）の娘で、藤壺の姪にあたる姫君（**紫の上**（むらさきのうえ））でした。紫の上の母はすでに亡く、祖母の**北山の尼君**に養育されていたのです。光源氏は、手元に置いて理想的な女性に育てあげたいとの思いを抱き、養育を尼君たちに申し出ますが、幼さを理由に拒まれます。帰京して**葵の上**のもとを訪れた光源氏は、相変わらず冷淡な態度に、紫の上のことを思わずにはいられませんでした。

そのころ、藤壺は病のため宮中から退出します。光源氏は、女房の**王命婦**（おうみょうぶ）の手引きによって、ついに夢のような逢瀬を持ちます。このまま夢の中にその身を置きたいと願う光源氏。しかし、懐妊した藤壺はその罪を恐ろしく思うほかはありませんでした。

やがて尼君が亡くなり、紫の上は兵部卿宮に引き取られることになったと知るや、光源氏は紫の上を盗み出すように二条院に迎えるのでした。

◉光源氏はなぜその少女に心ひかれるのか？

光源氏が北山で垣間見をしたのは、そこに妙齢の女性の存在を期待したからです。最初に尼君が見えた時、光源氏は尼君の娘などを探したはずで、恋の対象とならない十歳程度の少女などは、本来なら目にも入らない存在でした。しかも、髪の毛をふり乱し、顔を涙で濡らしたうえ、他の子どもたちと言い争い、走り回っている姿など、お世辞にも上品なお姫様という印象はありません。ところが、不思議なことに、光源氏の視線はこの少女に釘付けになってしまうのです。

光源氏自身、なぜこの少女をこんなに見つめてしまうのだろうと思います。そして、ようやく、恋しい藤壺に似ているからだと気づき、涙を落とすのでした。

光源氏の心はいつでもどこでも藤壺を求めています。それは藤壺がいるはずもない北山でも同じです。**藤壺を恋い慕い、しかし満たされることのないその心が、光源氏に垣間見をさせ、紫の上を発見させた**のです。そうした意味において、光源氏と紫の上との出会いは、けっしてたんなる偶然ではなかったということができます。

◉「もののまぎれ」が語る恋のありよう

　光源氏は、何かに取り憑かれたように藤壺を恋い慕います。「若紫」巻での密通が最初のものであったかということについての議論もありますが、いずれにしても、ふたりの逢瀬は、もはや避けがたいものになっていたのでした。

　光源氏と藤壺の密通は、「**もののまぎれ**」と呼ばれます。密事をほのめかすことばですが、そこには、あってはならない過ちという意味合いも込められています。**中宮であり、義理の母である方との密通**。しかも、この密通によって、ふたりの間には男子が生まれ、後に冷泉帝として即位までもしてしまいます。帝の子でもないのに帝となってしまうのですから、もし露見すれば国をゆるがす大問題となります。源氏物語を現代語訳した谷崎潤一郎は、戦時中、この「もののまぎれ」の場面を削除して出版しました。物語はそれほどまでに重い問題を描いているのです。

　光源氏は、もちろんこの逢瀬が許されないことだと知っています。けれども、諦めることができなかったのです。ようやく藤壺に逢えたのに、光源氏には現実のことだとは思えません。白々と明けていく短夜に、光源氏はこのままとどまっていたいと歌

い、まるで駄々っ子のように嗚咽(おえつ)します。藤壺の心も大きく揺さぶられます。しかし、このままでは密事が露見します。光源氏の激情に流されるわけにはいきません。藤壺は、現実を見つめた歌を返し、光源氏を懸命になだめるのでした。

恋しか見えない光源氏と、現実を忘れることができない藤壺。「もののまぎれ」の場面は、ふたりの恋のありようをあますことなく語っているのです。

◉盗み出された女性は不幸になる？

紫の上を二条院に迎えるのも、光源氏の抑えがたい思いによるものです。光源氏が紫の上をみずから抱き上げて連れ去る場面などは、窮地にある姫君を救い出す王子様といった印象さえ与えますが、実は、これは相手の女性を軽んじるふるまいです。当時、正式な結婚のためには男性が女性のもとに通うのが通例でした。時に世間の常識や習慣を越える光源氏の恋は、かかわる女性の運命を大きく変えてしまいます。大和物語などにも身分の高い女性を男性が盗み出す話がみられますが、その後ふたりは死んでしまうなど、多くは不幸な結末に終わります。**紫の上の苦悩に満ちた人生は、この「若紫」巻からはじまっている**といえるのかもしれません。

六 末摘花（すえつむはな）

末摘花との恋

なんとその鼻は……！

ものがたり▼ **光源氏**は、亡き**夕顔**のことが忘れられません。かわいらしく気兼ねのいらない女性を見つけ出したいと願っていたところ、乳母子（めのとご）である**大輔命婦**（たいふのみょうぶ）からある姫君の噂話を聞きます。故**常陸の宮**（ひたちのみや）の姫君で、宮が亡くなった後は、心細い生活を強いられているとのこと。さっそく常陸の宮邸に出かけた光源氏は、ひそかにその姫君（**末摘花**（すえつむはな））の琴（きん）を聞くのでした。しかし、そこには光源氏のあとをつけてきた**頭中将**の姿もあり、ふたりはこの姫君を競い合うようになります。

春夏が過ぎて秋になっても末摘花は光源氏になびいてきません。業を煮やした光源氏は、命婦の手引きによって、ついに末摘花と逢瀬を持ちます。しかし、いざ逢って見ると、ただ恥ずかしがっているばかりで、どうも様子が普通と違うのでした。

雪の夜、ひさしぶりに末摘花を訪れた光源氏は、翌朝、姫君の醜い姿を見て驚きます。なかでもその鼻は、高く長く伸び、垂れたその先の方が赤く色づいていました。和歌もまともに歌えない様子に邸を足早にあとにした光源氏でしたが、末摘花の窮状を思い、見捨てることなく、生活を援助していくのでした。

◉まだ知らぬ素晴らしい女性との出会いを求めて

「末摘花」巻に描かれるのは光源氏十八歳のころのことで、ほぼ「若紫」巻と重なります。**「若紫」巻が藤壺や紫の上との恋を描く**のに対して、**「末摘花」巻は、帚木三帖と同じように、中の品の女性との恋を描く巻**となっています。

故常陸の宮の姫君の噂話を聞いた時、光源氏は強い興味を示し、姫君のことを熱心に尋ねます。光源氏にとって夕顔は魅力的な女性でした。そして、その経験は、まだ知らぬ素晴らしい女性たちとの、さらなる出会いを期待させたのです。父宮を亡くし、世間から隠れるように過ごしているという宮家の姫君の話は、光源氏の恋の冒険心をかき立てる格好の話題でした。

末摘花の噂話を光源氏の耳に入れる大輔命婦の話しぶりも巧みです。末摘花の気性や容貌のことはよく知らないとしながら、琴(きん)の琴(こと)に親しんでいることを語ります。琴の琴は、中国渡来の七絃琴で、源氏物語ではとくに皇族が弾くものとして描かれている楽器ですから、光源氏のなかでは、すっかり高貴で美しい姫君のイメージができあがってしまうのです。

◉恋はライバルがいるほど燃え上がる

末摘花の琴の音を聞いた後、光源氏は、物陰に立っている男の影に気づき、正体を知られないようにそっと立ち去ろうとします。しかし、光源氏に近づき、声をかけてきたその男は、**頭中将**でした。

頭中将は、左大臣の子息で、葵の上の兄。**光源氏とは親友であり、よきライバル**です。この日、頭中将は光源氏のあとをつけてきたのですが、この姫君に対する光源氏の思い入れを知ると対抗意識が湧き上がります。末摘花のもとには、ふたりの貴公子からの恋文がひっきりなしに届くようになるのでした。

けれども、双方ともに末摘花から返事をもらえません。**実は、末摘花が不器用で、歌も満足に詠めなかったため**だったのですが、ふたりはそうは思いません。率直な頭中将は、光源氏に返事がきたかどうかを尋ねますが、光源氏はのらりくらりとごまかすばかり。頭中将は、光源氏だけが返事をもらったのだと悔しがります。一方、光源氏も頭中将が恋文を出していることを知り、心穏やかではいられません。頭中将へのライバル心は、光源氏を思わぬ結末へと駆り立てていくのでした。

◉醜い女性も光源氏にとっては不可欠の存在であった!?

雪の朝、光源氏が見た末摘花の姿は、衝撃的なものでした。とくにその鼻は、「普賢菩薩(ふげんぼさつ)の乗り物」である象の鼻のように長く、先が赤く色づいていました。黒貂(くろてん)の皮衣を羽織り、光源氏の歌にも「むむ」というだけで返歌もできないその様子に、光源氏は立ち去るしかありません。とんだ喜劇の主人公です。

それにしても、美しい女性たちが数多く登場するなかで、なぜこのような女性が描かれなければならなかったのでしょうか?

古来、醜いものは、悪いものを追い払う力のあるものとして考えられてきました。日本神話には、異界の力を持った「醜女(しこめ)」と呼ばれる女性や、人の短命の起源となった石長姫(いわながひめ)という醜い女性が登場します。光源氏のようないろごのみの王者は力の強い、醜い女性をもひきつけてこそ王者なのであり、末摘花は光源氏にとって不可欠な存在だといえます。ただし、物語がそうした役割をわざわざ宮家の姫君に負わせ、徹底的に笑いの対象としたことは見逃せません。この物語は、末摘花を、たとえ喜劇的に見えても単純には笑えない女性として描いているのです。

STORY

七 紅葉賀（もみじのが）

罪の子の誕生

だからこそ生きなければならない

ものがたり▼ 十月十日過ぎ、**桐壺帝**が朱雀院（すざくいん）に行幸（ぎょうこう）し、紅葉の御賀が催されます。趣向を凝らした催しでしたが、後宮の女性たちの見物はかないません。桐壺帝は、とくに**藤壺**のために、その予行演習をさせることにしました。その場で**光源氏**は「青海波（せいがいは）」を舞います。**頭中将**もともに舞いますが、この世のものとは思えない光源氏の姿に霞んでしまいます。皆が涙するなか、**弘徽殿女御**（こきでんのにょうご）だけは不吉なことばを発し、藤壺は、もし密事がなかったらすばらしいものとして見られたのにと思うのでした。

光源氏との過ちにより身ごもっていた藤壺の出産は予定日よりも大幅に遅れます。藤壺は密事の露見を恐れますが、二月十日過ぎにようやく皇子（後の**冷泉帝**（れいぜいてい））が誕生します。皇子は光源氏に生き写しでした。皇子を抱いてかわいがる帝。光源氏は、恐ろしいやらもったいないやら、さまざまな思いが交錯して涙がこぼれそうになり、藤壺はいたたまれぬ思いを抱えながら控えていました。

晴れない思いを、紫の上によって慰める光源氏でしたが、好色な老女（**源典侍**（げんのないしのすけ））との戯れを頭中将にからかわれるということもありました。

◉青海波の舞いに込めた光源氏の思い

光源氏十八歳の年の十月十日過ぎ、桐壺帝の朱雀院行幸が行われます。桐壺帝が朱雀院に出向き、そこに住まう一院（いちのいん）と呼ばれる先帝の長寿祝賀会を開催したのです。桐壺帝の威勢を示す盛大なイベントということで、光源氏と頭中将という当代を代表する貴公子たちによる舞楽が企画されました。**選ばれた曲は「青海波」**。ふたりで海の波を舞いによって表現します。

光源氏と頭中将は、これを二度舞うことになります。最初は、藤壺たちが招かれた宮中でのリハーサルにおいてです。光源氏の美しさには頭中将も及びませんでした。二度目の朱雀院での本番では、冠にさした紅葉も光源氏の輝きには見栄えがしないために、菊にかえられたとされ、ぞっとする、寒気を覚えるほどの美しさであったと語られています。**光源氏の美しさは圧倒的**です。そして、**その美しさは、この「紅葉賀」巻の青海波において極まる**といってよいでしょう。

ただし、光源氏にとって特別な意味を持っていたのは、やはり藤壺を前にした舞いでした。翌日、光源氏は藤壺に対して、あなたのために袖をふったのを知っていますかと歌を贈ります。**袖をふるという動作は、相手の魂を呼び寄せるふるまいで、求婚を意味します。**藤壺は「あはれ」と見ましたと返します。「あはれ」はさまざまな意味が読み取れることばです。光源氏の気持ちを知りながらもそれに正面から応えられない藤壺。光源氏は、その手紙をひろげてじっと見入ったのでした。

◉皇子を生んで藤壺は変わった

藤壺の出産は、最初十二月と見込まれていました。それは桐壺帝の子であることを前提とした予想でした。しかし、何の徴候もないまま一月も過ぎてしまいます。徐々に世間の人びとがどうしたことかと騒ぎ出します。出産が遅れるほどに、藤壺は秘密の露見を恐れて苦しみを深めていく一方、光源氏は自分の子であることを確信していくのでした。

皇子が誕生したのは、結局、二月十日過ぎのことでした。藤壺は生きることさえつらく思います。そんな藤壺に生きる力を与えたのは、あの弘徽殿女御でした。お産が遅れた折、弘徽殿女御が、このまま死んでしまえばよいなどと呪いをかけるようなことを口にしていたというのです。それを耳にした藤壺は、あのまま死んでいたらさぞ物笑いの種になっただろうと思い、逆に生きる力を強く持つようになったのです。

これまでの藤壺は、どちらかといえば受け身の生き方をしてきました。光源氏とのことがあった時も、自身の宿運を嘆くばかりでした。しかし藤壺は変わります。政治的に行動するようになり、中宮としての顔つきになっていきます。それは弘徽殿女御に対する対抗心というより、皇子を守らねばならないという気持ちによるものです。それが罪の子であるがゆえに自分が生きて守らねばなりません。**守るためには皇子を帝にしなければならず、藤壺の母性は、政治性を強く帯びていく**ことになるのです。

◉好色な老女の登場

ところで、「紅葉賀」巻の後半には源典侍と呼ばれる好色な老女が登場してきます。年の頃は、五十七、八歳。紅の派手な扇を手にして、黒ずんで落ちくぼんだ目から光源氏に流し目を送るさまはとくに印象的で、滑稽な人物として語られていますが、とても気になる存在です。典侍は宮中の儀礼に通じた内侍所(ないしどころ)の次官であり、帝との深い関わりも考えられます。物語は、笑いのなかに、父帝に反逆する光源氏の姿を描き込んでいるのかもしれません。

STORY

八 花宴（はなのえん）

朧月夜との恋

わたしは何をしても許されるのです

ものがたり▼ 二月二十日過ぎ、紫宸殿（ししんでん）で桜の宴が催されました。**光源氏**は、ここでも詩や舞いによって人びとを感嘆させます。夜も更け、ほろ酔い気分の光源氏は、藤壺あたりの様子をうかがいますが、入ることはできません。やむなく弘徽殿（こきでん）の細殿（ほそどの）に立ち寄ると、おあつらえ向きに開いている戸口がありました。そっと忍び込むと、向こうから「朧月夜に似るものぞなき」と歌いながら女性がやって来るではありませんか。ふっと袖をとらえる光源氏。女性はおびえます。しかし、呼びかけるその声に、光源氏と知ってやや心を静めるのでした。

翌朝、周囲の慌ただしさにまぎれ、ふたりは名乗り合うことなく、扇を取り替えて別れます。その女性は、**右大臣**の六女（**朧月夜**（おぼろづきよ））でした。**弘徽殿女御**の妹にあたる方で、四月には**東宮**（後の**朱雀帝**）への入内が予定されていました。

三月二十日過ぎ、右大臣家で藤の花の宴が催されました。招かれた光源氏は、女性を探します。「扇を取られてしまいまして」との光源氏のことばに、ため息をもらす女性がいました。光源氏は、几帳（きちょう）ごしに手をとらえます。朧月夜との再会でした。

◉身のこなしから台詞まで、これぞ光源氏！

花の宴が終わった後、光源氏は藤壺のあたりをうろつきます。宴は夜更けまで行われていました。女官たちもよい気分で寝込んでいます。藤壺に逢えるかもしれないと思った光源氏は、明るくさし出てきた月に誘われるように出かけていったのでした。ところが、さすがは藤壺です。光源氏の思惑を知っていたかのように戸口は固く閉められていました。それに対して弘徽殿の方はぽっかりとひとつの戸口が開いていました。しかも奥の方の戸も開いていて、人の気配もしません。光源氏は、このようなことから男女の間違いも生まれるのだと思いながら、そっと入っていきます。

そこにひとりの女性が現れます。彼女が口ずさんでいたのは、「照りもせず曇りも果てぬ春の夜の朧月夜にしくものぞなき」（明るくもなく暗くもない、春の夜のおぼろにかすむ月に及ぶものはない）という大江千里（おおえのちさと）の歌の最後を「似るものぞなき」と変えたものでした。光源氏はその女性（朧月夜）の袖をとらえ、気味悪く思われているのも構わず、抱きかかえて戸を閉めてしまいます。そして、人を呼ぶ朧月夜を制しながら「**まろは、皆人にゆるされたれば……**」とささやくのでした。

「わたしは何をしても許されるのだから」ということばは、まさに光源氏だからこそ許される台詞でしょう。「花宴」巻のこのシーンでは、身のこなしから台詞まで、いろごのみとしての光源氏の姿がいかんなく描かれています。

◉それは敵対関係にある家の女性だった

朧月夜は、右大臣の六女で、弘徽殿女御の妹にあたります。朧月夜が属する右大臣家は、光源氏方の人びとと敵対関係にあります。とくに**右大臣の娘である弘徽殿女御は、光源氏の母桐壺更衣を迫害して死に追いやり、光源氏が生まれてからは常に目の敵にしてきました。**さらに、入内してきた藤壺を嫌悪し、隙あらば生まれた皇子（後の冷泉帝）を追い落とそうとしています。

桐壺帝の愛情を奪われたという個人的な思いもないとはいえません。けれども、弘徽殿女御は、何よりも右大臣家を守ろうとしているのでした。たしかに、弘徽殿女御が生んだ第一皇子（後の朱雀帝）が東宮となっていますから、やがて右大臣家が帝の外戚となるのは間違いありません。しかし、その先はどうでしょう。藤壺が生んだ御子（後の冷泉帝）が東宮となり、帝となってしまったら、右大臣家は帝との縁が切れ、

没落してしまうでしょう。弘徽殿女御も必死です。

そこで右大臣家が考えたことは、朧月夜を東宮に入内させることでした。ふたりの間に皇子が誕生し、その子が帝となれば、右大臣家の栄華はゆるぎません。右大臣家にとって、朧月夜はとても大切なコマのひとつだったというわけです。

◉光源氏をまっすぐに愛する朧月夜という女性

朧月夜は、光源氏をまっすぐに愛した女性でした。右大臣家にとって光源氏は敵対する存在ですから、そのような人物を愛する朧月夜が、軽はずみとか、理性に欠けるとかと評されるのもしかたがありません。けれども、たとえば藤壺や葵の上など、光源氏をまっすぐに愛することができない女性たちが多いなかで、**右大臣家の一員でありながら、朧月夜は、光源氏との愛にすべてを捧げた女性**だったのでした。

それだけ光源氏が魅力的であったということもあります。しかし、朧月夜の心の片隅には、右大臣家のコマとしての生き方への反発もあったのではないでしょうか？「朧月夜」とは、照りもせず曇りもしないかすんだ月のこと。あの夜、ひとりで月を眺めていた朧月夜は、その月に自身のやるせない人生を重ねていたのかもしれません。

平安時代の結婚

平安時代の結婚は、男性が女性のもとに通う「通い婚」が基本でした。物語では、よく恋のはじまりに男性が女性をのぞき見る「垣間見」という手法が用いられましたが、一般的な結婚は、現在の「お見合い」に近いものでした。ここでは、結婚に至るまでの一般的な流れを紹介します。

求婚	懸想	噂話や女性の家からの結婚話などによって女性の存在を知る。
	↓	
	求婚	男性が、仲人（仲立ち）を立てて求婚の手紙を送る。
	↓	
	協議	女性の家で、親族や乳母たちが協議する。 ※とくに身分的にふさわしいかどうかが重要な基準となる。
	↓	
	文通	手紙（和歌）のやりとりをする。 ※女性からの返事は最初は代筆。徐々に自筆の手紙となる。
	↓	
	対面	御簾などを隔てて和歌のやりとりなどを行う。
	↓	
	決定	日や方位の吉凶を占って結婚の日取りを決める。 ※五月・九月は結婚を避ける
結婚	結婚(第1夜)	男性が女性の家を訪れる。 女性の両親が男性の沓（くつ）を抱いて寝る。 男性が持ってきた火と女性側の火を灯籠にともす。 女性の母親がふたりに衾（ふすま）を掛ける。 夜が明ける前に、男性は帰る。
	後朝(きぬぎぬ)の文	家に戻った男性から女性のもとに手紙（和歌）が届けられる。
	↓	
	結婚(第2夜)	二日目も同様に男性が女性の家を訪れる。
	↓	
	結婚(第3夜)	女性の家で「三日夜（みかよ）の餅」が準備される。
	露顕(ところあらわし)	親族や近親者との宴を行う。現在の披露宴にあたる。 ※正式に結婚が成立する。

（山中裕他編『平安時代の儀礼と歳事』至文堂などを参考に作成）

第三章 流離

Ryuri

「葵」
「賢木」
「花散里」
「須磨」
「明石」

Aoi, Sakaki, Hanachirusato, Suma, Akashi

❖光源氏不遇の時代が幕を開ける

「**葵**（あおい）」巻から**光源氏の人生は暗転します。**光源氏の政治的立場を支えていた父桐壺帝（きりつぼてい）が「葵」巻の前に退位してしまったのです。朱雀帝（すざくてい）が即位して右大臣方が政権を握ることとなり、光源氏をはじめ、東宮（後の冷泉帝）や藤壺、そして左大臣家の人びとは徐々に政治的に圧迫されていくようになります。

光源氏を取り巻く暗雲は、恋愛の面にも及びます。退位した桐壺院とともに暮らす藤壺と逢いにくくなり、正妻葵の上と恋人の六条御息所の間に車の所争いが起こったりもします。そして、**車の所争いで心に痛手を負った六条御息所が、もののけとなり、光源氏の正妻である葵の上を取り殺してしまう**という事態まで生じます。

❖追いつめられるほどに危険な恋にのめり込む光源氏

「**賢木**（さかき）」巻に入ると**桐壺院が崩御**します。右大臣方の圧迫はますます強まります。しかし、**光源氏は追いつめられるほどに、危険な恋にのめり込んでいきます。**藤壺には以前に増して恋情を訴えるようになり、右大臣の六女である朧月夜との恋もやめようとはしません。身を滅ぼしても恋に生きようとする光源氏の姿がそこにはあります。藤壺は東宮を守るために出家を果たしますが、朧月夜との恋は右大臣によって露見することとなり、光源氏は都にいられなくなります。

❖光源氏は死ぬ運命だった!?

間奏曲的な「**花散里**(はなちるさと)」巻を経て、「**須磨**(すま)」巻で光源氏は須磨に下ることとなります。こうした物語展開は**貴種流離譚**(きしゅりゅうりたん)と呼ばれます。貴種流離譚とは、神の子や帝の子などの貴人が罪を犯してつらい旅を続け、死に至るか、あるいは転生するという話で、ヤマトタケルの東征や伊勢物語の東下り(あずまくだり)、源義経の判官(ほうがん)北国落ちなど、時代を越え、ひろく日本文学に見られる話型です。主人公の死という悲劇を語るのが本来のかたちですので、それに従えば、光源氏も死ぬ運命にあったといえます。

しかし、「**明石**(あかし)」巻では、光源氏は、明石に移り、**明石の君との出会いを経て、都に帰還**します。光源氏は死を乗りこえて、再生をとげたといってよいでしょう。生まれ変わった光源氏は、この後、栄華への道をまっすぐに歩いていくことになります。

九　葵

六条御息所のもののけ

わたしの魂を結びとどめてください

ものがたり▼　二十一歳の年、**光源氏**の父**桐壺帝**が退位し、**朱雀帝**が即位しました。**右大臣**方は権勢を誇るようになり、**藤壺**は桐壺院とともに仙洞御所（退位した帝の御所）に移って、光源氏は**東宮**（後の**冷泉帝**）の後見を任せられます。

光源氏の冷たい態度に悩んでいた**六条御息所**は、斎宮に選ばれた娘（後の**秋好中宮**）について伊勢に下ろうとも思いますが、決心がつきません。そんな折、賀茂の新斎院御禊の日に光源氏の姿を見るために出かけた六条御息所は、**葵の上**方との車の所争い（牛車の場所争い）に巻き込まれて屈辱的な目にあいます。思い悩む六条御息所の魂はその身から離れ、もののけ（生霊）となって出産を間近にした葵の上に取り憑きます。それに気づいた光源氏は戦慄をおぼえずにはいられませんでした。

葵の上は男子（後の**夕霧**）を出産します。ところが、光源氏と心が通ったかと思われたのも束の間、葵の上は急死してしまいます。悲しみに沈む**左大臣**家において、光源氏も喪に服します。

喪が明け、二条院に戻った光源氏は、**紫の上**と新枕を交わします。

◉車の所争いで六条御息所が受けた屈辱

六条御息所は、故前坊（亡き前東宮）の妃であり、誇り高い貴婦人です。最初は光源氏に見向きもしなかったものの、やがてその情熱にほだされて心を開きます。ところが、そのとたん、光源氏の愛情は冷め、こんどは六条御息所の方が一途に思うようになったのです。「葵」巻がはじまる前にふたりの愛はすでに終わっていましたが、六条御息所はそれを頭ではわかっていながらも、光源氏を諦め切れなかったのでした。

そのような折、事件が起こります。葵祭（賀茂神社の例祭）の御禊の日、葵の上方から六条御息所方が乱暴を受けるという車の所争いが起こってしまうのです。当日は、新たな斎院（賀茂の神を祀る皇女）の行列に光源氏が加わるということで、大勢の見物人が集まっていました。そこに正妻である葵の上方が多くの牛車を伴って無理に割り込もうとしたところ、六条御息所の車があったのです。

六条御息所は一目なりとも光源氏の姿が見たかったのでしょう。光源氏によって生じた寂しさは光源氏によってしか慰められません。なのに、泥沼のような愛にあがく六条御息所がその身に受けたのは、車の所争いでの狼藉という屈辱でした。

◉六条御息所のもののけ（生霊）に苦しむ葵の上

その屈辱は、六条御息所の心を蝕んでいきます。一方、葵の上は出産を前にしてもものけに苦しんでいました。もののけは、正体不明の霊物で、弱った人に取り憑き、苦しめます。治療のためには、験者による加持祈祷によって体内から追い出さなければなりません。乗り移ったよりましの口を通して、もののけが正体を名乗れば、力を失って調伏されたということになります。とくにお産の折には、数多くのもののけが取り憑くとされました。葵の上に憑いたもののけも次々に調伏されていきましたが、そのなかで、どうしても調伏されないもののけが残っていたのでした。

枕元に呼び入れられた光源氏が葵の上を慰めていると、ふとその雰囲気が変わります。わたしの魂を結びとどめてくださいと歌うその声は、なんと六条御息所のものでした。**六条御息所の魂がその身から離れ、もののけとして葵の上に取り憑いていた**のです。六条御息所はまさか自分がと思いますが、衣や髪には加持祈祷で用いる芥子の香りが染みつき、衣を着替えても髪を洗っても消えないのでした。

光源氏は驚き、その愛執をうとましく思います。愛が完全に終わった瞬間でした。

◉理想的な姫君であるために葵の上が背負った不幸

光源氏との結婚以前、葵の上には朱雀帝との縁談があったといいます。葵の上は世が世なら中宮にでもなれた姫君なのです。左大臣家の姫君として理想的に育てられ、幼いころから后教育をほどこされてきたにちがいありません。ただ、光源氏はそのような女性に魅力を感じない男性でした。また、葵の上の方も、皇族の籍を離れた、しかも四歳年下の光源氏との結婚には戸惑いを感じたことでしょう。ふたりの間柄はすれ違いばかりでしたが、結婚九年目に**ふたりの間に子ども**（**夕霧**）**が生まれたことによって、ようやく愛が芽生えようとしていた**のです。葵の上が六条御息所のもののけ（生霊）に取り殺されたのは、まさにその瞬間なのでした。調伏されなかった六条御息所のもののけは、葵の上のそばにひそみ、ふたりの様子を見ていたのです。

葵の上は亡くなり、六条御息所との愛は完全に終わりました。光源氏の正妻にふさわしいふたりの女性がふたりとも光源氏のもとから去ることになりました。代わってその妻の座に引き据えられていくのが紫の上なのでした。

STORY

十 賢木（さかき）

藤壺の出家

この子のためなら……

ものがたり▼ **葵の上**を取り殺してしまったことでみずからも深く傷ついた**六条御息所**は伊勢に下ることを決意します。二十三歳の年の九月上旬、**光源氏**は野宮（ののみや）に六条御息所を訪ねます。晩秋の嵯峨野（さがの）でふたりは歌を詠み交わし、夜が明けるまで語り合いますが、互いに涙ながらに別れを告げるほかはありませんでした。伊勢に旅立つ日、光源氏が送った歌に逢坂（おうさか）の関のむこうから返事をする六条御息所でした。

十月、**桐壺院**は、**朱雀帝**に対して**東宮**（後の**冷泉帝**）と光源氏を重んじるべきことを遺言して崩御します。しかし、若い朱雀帝にはどうすることもできません。年が明けると**右大臣**方が権勢を誇るようになり、光源氏方を圧倒するようになっていきます。

桐壺院崩御後、光源氏は**藤壺**に恋情を一途に訴えます。しかし、藤壺としては、東宮を守るため、光源氏の恋情を避けながらその協力を得ていかなくてはなりません。桐壺院の一周忌の後、藤壺は出家を果たすのでした。

政情は厳しく、光源氏二十五歳の春、**左大臣**は辞職します。そして、夏。ある雷雨の夜、ついに光源氏と**朧月夜**との密会が右大臣によって露見したのでした。

◉秋の野宮の風景は、六条御息所の心象そのもの

伊勢の神を祀る斎宮は、皇族の未婚の女性から選ばれました。斎宮に選ばれると、三年の間、自邸から宮中（初斎院）、そして嵯峨野の野宮へと居所を移しながら心身を清浄にする生活を送った後、伊勢に下って行くこととなります。伊勢に下った後は会うことはできません。光源氏は野宮に移った六条御息所を訪ねることにします。

遥かに広がる野辺に足を踏み入れたとたん、光源氏はいい知れない哀愁に包み込まれます。源氏物語の自然描写については景情一致ということがいわれます。自然描写がそのまま登場人物の心情描写となっていることを指すとされますが、物語のなかの自然は人間の外側に現れた心そのものだと考えた方がよいかもしれません。物語に描かれる自然は目に見えない人の心をかたどったものなのです。荒涼としたなかにも艶なる雰囲気が漂う秋の**嵯峨野の風景は、光源氏との愛を諦めながら、それでも光源氏の訪れを待ってしまう六条御息所の心象そのもの**なのであり、光源氏はその心のなかに入っていくような感覚に包まれるのです。

光源氏は情趣あふれる語らいに昔のふたりを思い出しますが、これからのふたりを思い描くことはできませんでした。この**「野宮の別れ」は愛の終わりの余韻までも描き切った名場面**だということができます。

◉藤壺の出家は、藤壺による「政治的」な手段だった

桐壺院の崩御によって、東宮の母である藤壺は追い込まれていきます。桐壺院は、朱雀帝に対して、東宮を重んじるよう遺言を残しましたが、右大臣方の専横は日増しに強くなっていきます。右大臣方のねらいは、威勢を盛んにするとともに永続させることにあります。そのため、東宮をその座から引きずり下ろそうとします。東宮が帝になってしまうと右大臣方が帝の外戚ではなくなってしまうからです。藤壺はその右大臣方から東宮を守らねばなりませんが、直接政治に関わることはできません。桐壺院亡き今、光源氏の助けがどうしても必要なのです。

ところが、桐壺院が崩御すると、光源氏は、はばかることなく藤壺に恋情を訴えるようになります。寝所に入り込んだ光源氏に髪を捉えられるといったこともあり、このままでは密事がいつ漏れるとも限りません。かといって、東宮のことを考えると、むげに光源氏を遠ざけることもできません。**光源氏の愛情を封じながら協力をとりつ**

ける手段として、藤壺は出家を選んだのでした。

藤壺が出家したのは、桐壺院一周忌法要の後、法華八講（ほっけはっこう）の果ての日のことでした。親王や上達部（かんだちめ）たちも大勢集まるこの場を選んだのは、亡き桐壺院を重んずる姿勢を見せつつ、みなに桐壺院の遺志の遵守を迫るためです。出家は本来、仏道に入って往生を願うためのものです。しかし、藤壺の場合は「政治的」手段でした。一生に一度しか使えないその手段を、藤壺は考え抜いたうえで使います。よこしまな目的で出家した藤壺は往生できないかもしれませんが、それでも東宮を守りたかったのです。

◉光源氏は、危険な恋だからこそ恋心をつのらせる

さて、光源氏が逢瀬を重ねた朧月夜は右大臣の六女で、桐壺院崩御の翌年には尚侍（ないしのかみ）となって朱雀帝の側近くにありました。この政敵側の女性と光源氏は密会し続けたのです。**身の破滅につながる恋だと重々承知のうえで、むしろ、危険な恋であるからこそ光源氏は恋心をつのらせます。**それが光源氏という人物です。秘密の露見は、時間の問題でした。右大臣に見つかった時、光源氏は顔を見せた後にそっと扇で隠します。いかなる状況にあっても憎らしいばかりに魅力的な光源氏なのでした。

STORY

十一 花散里（はなちるさと）

花散里との語らい

懐かしさに包まれて

ものがたり▼ **右大臣**方の勢力が増していくにつれ、心にまかせぬことばかりが増えていきますが、**光源氏**はこの世をいとわしく思いながら出家することもかないません。

そんななか、五月雨の晴れ間に、光源氏は**麗景殿女御**（れいけいでんにょうご）邸に出かけていきます。**桐壺院**の女御であった麗景殿女御は、桐壺院崩御後は、光源氏の助けを借りて暮らしており、妹の三の君（さんのきみ）（**花散里**（はなちるさと））は、宮中で光源氏とかりそめの逢瀬を持ったことがありました。

途中、中川あたりで昔逢ったことのある女性と歌の贈答をしたことから、光源氏は**筑紫の五節**（つくしのごせち）のことも思い出します。一度愛した女性は忘れない光源氏なのです。

麗景殿女御のもとで女御と昔話をしていると、夜更けになりました。二十日の月がさしあがり、橘（たちばな）の香が漂ってきます。桐壺院在世のころのことが思い出され、光源氏は涙をこぼします。ふたりは、ほととぎすが鳴いたのにつけて歌を交わします。

ひさしぶりの訪れでしたが、花散里は光源氏の美しい姿に恨み言をいうのも忘れてしまいそうです。光源氏もあれこれと心を込めて話をするのでした。

◉懐かしい時間に身を浸す光源氏

「花散里」巻にはとても静かな時間が流れています。それは、光源氏が政治的渦中にある「賢木」巻に流れている時間と明らかに異なります。

桐壺院の女御であった麗景殿女御とその妹である三の君（花散里）をはじめとして、「花散里」巻で語られる女性たちは、いずれも物語には初登場の人びとです。けれども、新しい物語がはじまるわけではありません。かつて光源氏とかかわったものの、強く愛された女性ではなく、光源氏はそれらの女性との思い出を懐かしむばかりです。

時流からはじき出されようとするなかで、光源氏は時間の流れに置き去りにされてきた女性たちとの交流によって、懐かしい時間に身を浸し、いっときの安らぎを得ようとしているかのようです。**「花散里」巻に流れる静かな時間は、光源氏が置かれている現実世界の厳しさを思わせる**ものとなっているのです。

◉橘の花にはこの世のものではないものが寄ってくる

「花」といえば桜のことが頭に浮かびますが、「花散里」の「花」は、桜ではなく、橘の花です。麗景殿女御を訪れた光源氏が「橘の香をなつかしみほととぎす花散る里をたづねてぞとふ」（橘の香が懐かしいので、ほととぎすは橘の花が散るこの場所を探して訪れてきました）と歌う、この「花散る里」が巻名となっています。

橘は日本原産とされるかんきつ類で、常緑樹。初夏に白い花をつけ、秋にかけて実が黄色に色づいていきます。京都御所の紫宸殿の前にも植えられていて、「左近の桜」に対して「右近の橘」といわれ、朝廷にも親しまれてきました。古事記や日本書紀では、垂仁天皇に命じられたタヂマモリという人物が常世の国という異郷に渡って持ち帰ったものとされていて、万葉集では、花、実、葉を素材に永遠性が歌われることが多く、橘を用いてとくに橘氏という氏族を称賛する歌も残されています。

しかし、平安時代に入ると橘氏の衰退もあってか、橘の永遠性を称える歌が詠まれなくなります。かわって橘のイメージを決定づけたのが、古今和歌集の読み人知らずの歌「五月まつ花橘の香をかげば昔の人の袖の香ぞする」（五月を待つ花橘の香りをかぐと昔のあの人の袖の香りがすることだ）です。この歌の影響によって**橘といえば昔のことを思い出させるものというイメージ**が定着したのです。もちろん源氏物語も例外ではありません。ただし、源氏物語の場合は橘によって思い起こされるのがほと

んどの場合、亡くなった人であることが特徴です。昔を思い出させる橘に異郷からもたらされたものという印象が重ねられているのです。光源氏はこの「花散る里」で今は亡き親しい人びとを思い出し、その人びととの時間にも浸っているのです。

◉姉妹が登場する物語では、姉が去り、妹が残る!?

麗景殿女御とその妹三の君がどのような人物なのか、物語は多くを語りません。また、姉の麗景殿女御は「澪標（みおつくし）」巻を最後に物語に姿を見せなくなり、**後に花散里と呼ばれる女性として六条院に迎えられていくのは妹の三の君**ということになります。

姉妹が物語に登場する場合には、姉が去り、妹が残るという物語のパターンがあるようです。源氏物語でも宇治の大君（おおいぎみ）が亡くなった後、妹の中の君（なかのきみ）が物語の世界に残りますが、古くは、海幸山幸（うみさちやまさち）神話でも姉のトヨタマビメが子を残して海に帰った後に、妹のタマヨリビメが子の養育者になっています。花散里という女性は夕霧の養育をゆだねられることになりますが、それも偶然ではないでしょう。姉妹の物語がどう展開するのか、現在の文学作品や映画などでも考えてみると楽しいかもしれません。

STORY

十二 須磨

須磨への流離

わたしは死ぬのか?

ものがたり▼ 二十六歳の春、官位を剥奪された**光源氏**は、流罪を避けて都を離れ、須磨に移ることを決意します。わずかな供人とともに出かけていく光源氏でしたが、出発にあたっては**藤壺**などに別れを告げ、父**桐壺院**の御陵にも参拝しました。留守中の財産の管理などはすべて**紫の上**に託し、別れを惜しみながら旅立つのでした。

須磨の生活は、わびしいものでした。五月雨のころは、都の女性たちなどと手紙のやりとりをし、秋風が心にしみるころになると、琴をかき鳴らしたり、画を描いたりして所在なさを慰めます。**大宰大弐**が上京の途上に見舞った際には、**筑紫の五節**と歌をやりとりするといったこともありましたが、**弘徽殿大后**の意向を受けて都との交流は絶えてしまいます。冬はとりわけ荒涼とした風情に物思いにふける光源氏でした。

須磨に近い明石の地では、**明石の入道**が、自身の娘（**明石の君**）を光源氏と結婚させたいと考えていますが、明石の君は自身の身のほどを思ってその気にはなれません。

春になり、**宰相中将**（もとの**頭中将**）が訪れてきます。そして三月、上巳の祓えを機に起こった暴風雨が光源氏に襲いかかるのでした。

◉光源氏はなぜ須磨に行くのか？

光源氏は須磨に行くことになりましたが、それはどうしてでしょうか？「須磨」巻では光源氏はすでに官位を剥奪され、この後流罪に処せられる可能性も考えられる状況に置かれていました。古くから須磨は貴人の蟄居（ちっきょ）する地として知られていました。**光源氏は自発的に都から離れ、須磨で謹慎生活を送ることによって、罪人となることを避けた**のです。

光源氏を追い込んだ勢力の中心には、光源氏と朧月夜との密会の報告を聞いた弘徽殿大后がいるとみて間違いはありません。ただし、実は、朧月夜との密会は罪にはあたりません。朧月夜は尚侍（ないしのかみ）でしたが、尚侍は制度上はあくまでも女官で、帝の后ではなかったからです。光源氏は自身に罪はないことを繰り返し主張していますが、それは光源氏の強がりではなく、弘徽殿大后たちは、罪なき光源氏を罪人にすべく画策したのです。弘徽殿大后たちは、おそらく光源氏に謀反（むほん）の疑いがあるなどの噂を流し、后や斎院らとも密会しているなどとにおわせたでしょう。あの光源氏ならそのようなこともあるだろうと世間が納得すれば、その噂は事実として語られていくことになるのですから。

後の物語では、現在の東宮（冷泉帝）を廃して、八の宮という方を東宮につけようとする動きがあったことが語られます。光源氏が罪人となったら東宮の地位も危うくなります。光源氏は、東宮を守るためにも須磨に行かなくてはならなかったのです。

◉離れているからこそ、心を通わせる光源氏と紫の上

このとき、光源氏は紫の上を一緒に連れていこうとも考えましたが、須磨での生活の厳しさを思うとそれもできません。須磨行きを望む紫の上は恨めしく感じていますが、**今の光源氏にとって、紫の上は守るべき愛しい女性**なのです。しかし、**一方的に守られる存在でもありません。**光源氏は紫の上に財産の管理をゆだね、恋人関係にある女房（召人）たちまでも預けます。光源氏のなかでは、紫の上は、このころすでに、すべてを任せることができる正妻といってもよい女性となっていたのです。

須磨にむかう道中、光源氏の脳裏から紫の上の面影が離れることはありません。一方、光源氏を見送った紫の上の胸にもぽっかりと大きな穴があいたようです。光源氏からの手紙を受けとっても起き上がることもできず、ただ思い焦がれるばかり。光源

氏が使っていた調度や琴を見るにつけ、また衣の香りにふれるにつけ、それが亡き人の形見であるように思えてきます。悲しみをこらえながら須磨に送る夜具などを整える紫の上でしたが、その折にも目の前に光源氏の面影が浮かんでくるのでした。

ふたりはお互いの面影を思い浮かべながら、手紙を書き、歌をやりとりします。離れているからこそ、相手のことをつよく思いやり、心を通わせていくのです。

◉須磨のあらしによって生命の危機に瀕する光源氏

光源氏は海辺に出て上巳(じょうし)の祓(はら)えを行います。上巳の祓えは、三月の上旬にめぐってくる巳(み)の日に水辺に出て、身についたケガレを人形(ひとがた)に移し、それを水に流すという儀礼です。**光源氏がその場で神々に対して身の潔白を歌うと、にわかに暴風雨が起こり、須磨の地を吹き荒らします。**雷も落ちかかり、この世が尽きるのではないかと思えるほどでした。しかも、光源氏は、この世のものとは思えないものがやってきて自分を招く夢を見ます。それは光源氏を海のなかに引きずり込むためにやってきた海龍王のようでした。光源氏はまさに生命の危機に瀕しています。はたして光源氏はこの危機を乗りこえていくことができるのでしょうか？　物語は緊迫した局面を迎えます。

STORY

十三 明石（あかし）

明石の君との出会い

あなたに逢うために流されてきたのです

ものがたり▼ 暴風雨は依然としておさまりません。**光源氏**が住吉の神に祈願すると、ますます激しくなった雷が近くに落ち、火災も起こります。三月十三日の夜、光源氏の夢枕に**故桐壺院の霊**が現れ、住吉の神の導きに従って須磨から去るようにいいます。その明け方、同様の夢告げを見て迎えにきたという**明石の入道**の舟に乗って、光源氏は明石に移ります。四月、明石の入道は、娘（**明石の君**）に強い期待を寄せ、娘と光源氏との結婚を望んでいることを語ります。手紙を出すようになる光源氏ですが、自身の身分の低さを思う明石の君はなかなか心を開こうとはしませんでした。

一方、都でも天変が起こっていました。故桐壺院の霊が**朱雀帝**のもとにも現れ、睨みつけたのです。それ以来、朱雀帝は目を病むようになりました。

八月、光源氏は明石の君を訪れて契りを交わします。逢うとなおさら心ひかれましたが、**紫の上**のことも思わないではいられない光源氏でした。

年が改まり、病の癒えない朱雀帝は光源氏を呼び戻すことにしました。懐妊していた明石の君と再会の約束をして上京した光源氏は、ついに都世界に復活するのでした。

◉光源氏を救ったのは、この世のものならぬ霊物たちだった

光源氏の命を救ったものは、この世のものではない霊物たちでした。光源氏の夢に現れた故桐壺院の霊は、住吉の神の導きに従って須磨を去れと命じます。明石の入道の夢のなかに現れた霊物は光源氏を明石に迎えよと告げます。また、故桐壺院の霊は、都の朱雀帝のもとにも現れ、光源氏を呼び戻す方向へと向かわせていきます。明石の入道の夢に現れた霊物は住吉の神と考えてよいでしょう。**故桐壺院の霊と住吉の神**とが力を合わせるようにして、**光源氏を須磨から明石へ、そして都へと救い出していく**ことになるのです。

けれども、光源氏もただ受け身であったわけではありません。上巳の祓えの折、光源氏は、自身の潔白を歌によって神々に訴えました。暴風雨が起こったのは、その直後です。暴風雨は、神々が光源氏の訴えを聞き入れた証しです。すでに光源氏は美しいばかりではなく、天地鬼神をも動かすことのできる力を持った王者の風格さえ帯びてきています。**須磨のあらしによって、光源氏は再生を遂げ、新たな人生を歩み出していく**ことになるのでした。

◉光源氏に明石の君との結婚を申し入れる明石の入道

光源氏を明石の地に迎え入れたのは、明石の入道という人物でした。もともとは都の人で、父は大臣をつとめ、自身は近衛中将でした。ところが、何を考えてか、その官職を捨てて、播磨国の国司となってそのまま土着し、さらに出家を遂げてしまったことから、世間からは偏屈な人物として噂されていました。ただ光源氏が実際に接してみますと、なかなかの博識で、音楽にも通じた風流人です。

光源氏は、その明石の入道の口から娘に寄せる期待を聞きます。「自分は、娘が生まれた折から高い望みを持つようになり、以来、十八年間、その実現を住吉の神に祈り続けてきた。なんとかして都の高貴な方と結婚させたいと思い、そのためには人の非難を受けることも行ってきたが、苦とも思わなかった。娘には、もし望みを果たすことができない場合は、海の中に入ってしまえと言い聞かせている」と、**明石の入道は泣きながら語り、光源氏と明石の君との結婚を願った**のです。

話を聞いた光源氏は、それでは自分が明石にきたのは前世からの約束事だったのかなどと語り、明石の君を自分のところに呼ぶよう明石の入道に告げたのでした。

◉光源氏を引き寄せる明石の君の気高さ

明石の君は、社会的には受領の娘です。そのことを本人はよくわかっています。だからこそ、都の高貴な男性が自分のことを相手にするはずはないと卑下（ひげ）しています。けれども、同じ身分の男性との結婚も考えられません。明石の君は誰からの求婚も拒み続け、両親が亡くなったら父がいうように海に入ってしまおうかとも考えてきました。

光源氏から手紙が寄せられるようになった折も、明石の君は身分の違いを思って返事をすることさえためらいます。そのような態度が光源氏に気高さを感じさせます。相手が身分の低い女性の場合は通うことはせず、自分のところに呼び寄せるのが通例ですが、光源氏はついに明石の君のもとに出かけていくようになります。実際逢ってみると、明石の君の雰囲気は、都の貴婦人であった六条御息所を思わせるものでした。光源氏は、紫の上のことを気にはしながらも、逢うほどに愛情を深め、都に帰るころには、明石の君に後に中宮となる女の子が宿ることになります。

受領の娘である明石の君にも作者の自画像の投影が指摘されますが、明石の君は、この後、そのようなことをまったく感じさせない激動の人生を歩むことになります。

光源氏の人生グラフ
―貴種流離譚的半生―

「桐壺」巻から「藤裏葉」巻までの光源氏の前半生をグラフであらわしてみると、「貴種流離譚」的な人生を歩んでいるのがよくわかります。罪を得て流れていくものの、それを乗り越えて栄華の道を極めていくその半生は、よくある成功譚のパターンをふんでいるともいえます。

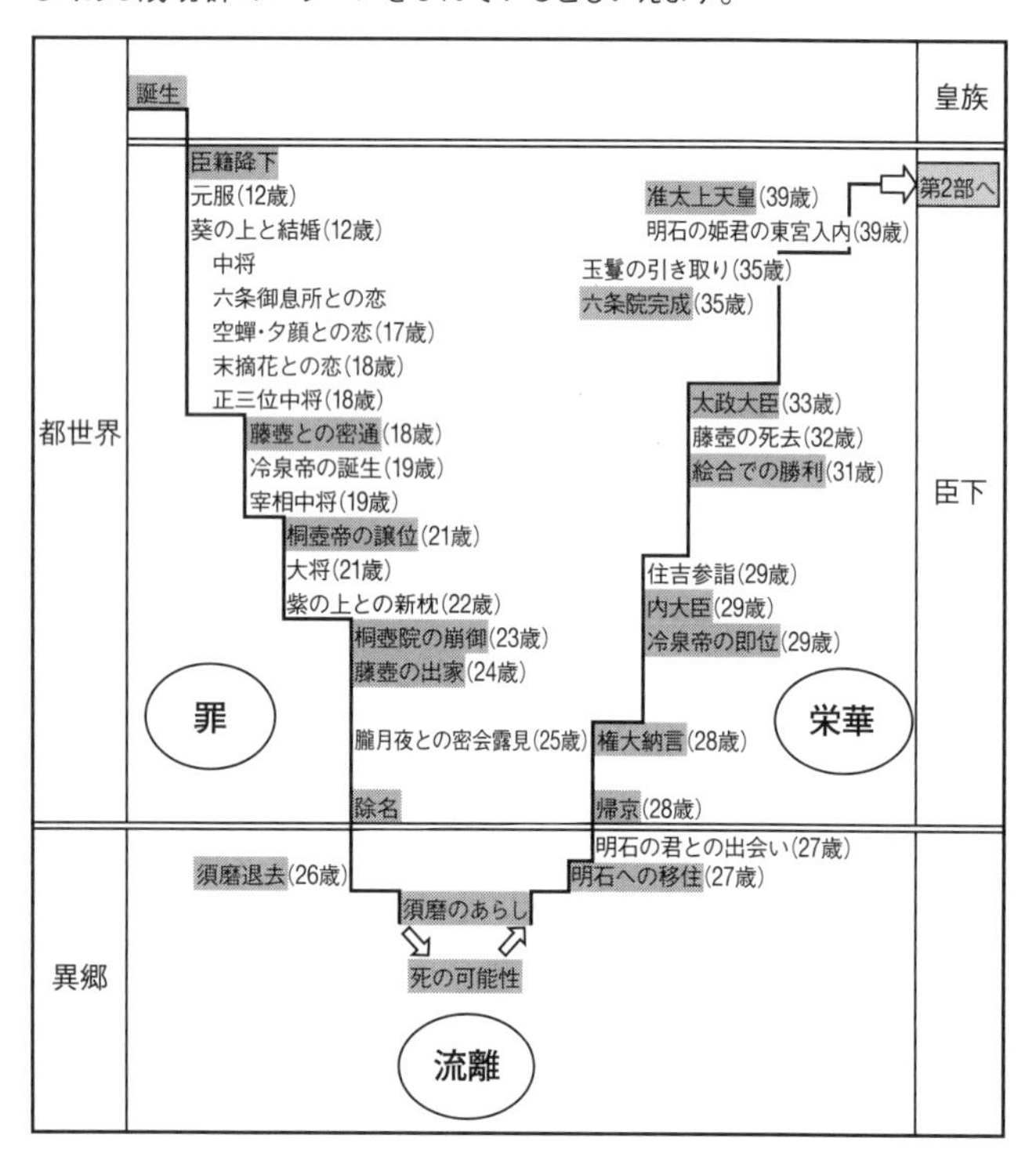

第四章 復活

Fukkatsu

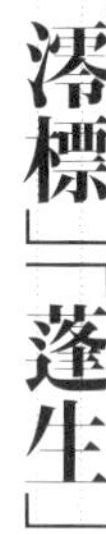

「澪標」「蓬生」
「関屋」「絵合」
「松風」「薄雲」
「朝顔」「少女」

Miotsukushi, Yomogiu, Sekiya, Eawase, Matsukaze, Usugumo, Asagao, Otome

❖光源氏は次のステージへと向かう

「澪標（みおつくし）」巻は、**光源氏の人生史のなかでひとつの転機になる巻**です。ここでは、死の危険を乗りこえて都世界に復活し、**新たな歩みをはじめた光源氏に、宿曜（すくよう）の予言が示されています。**光源氏の三人の子どもである冷泉帝、夕霧、そして明石の姫君が、それぞれ帝、太政大臣、后になっていくとするその予言は、光源氏に栄華への道を指し示すとともに、その実現や維持のために多くの課題を与えるものでした。

「澪標」巻から、政治家としての光源氏の姿が目立つようになり、若くきらびやかな姿が影を潜めてしまう印象を読む者に与えます。しかし、あの光源氏も「澪標」巻で二十九歳。**壮年期に入った光源氏は、次のステージに向かっていく**のです。

❖栄華のための布石を確実に打っていく光源氏

末摘花と空蝉の後日譚を描く「**蓬生**（よもぎう）」巻と「**関屋**（せきや）」巻は、**それぞれ「末摘花」巻と帚木三帖を受けるもの**となっていますので、「澪標」巻の物語世界は、「蓬生」「関屋」巻を飛び越えて、「絵合」巻以降の巻々に連続していくことになります。

「**絵合**」巻では、光源氏の前に立ちはだかった権中納言（かつての頭中将）との後宮における覇権争いが、絵合というみやびやかな遊びによって決着へと向かい、一方、光源氏は冷泉朝における政権基盤を固めつつ、予言に示されていた明石の姫君の将来のための布石も打っていきます。「**松風**」巻で明石から大堰に移した姫君を、「**薄雲**」巻では紫の上の養女とすることによって、后がね（将来の后候補）として育てていくのです。「**少女**」巻では光源氏のもうひとりの子どもである**夕霧の物語も始動**します。夕霧に対する教育方針にも、将来を見据える光源氏の思惑が垣間見えます。

❖藤壺の死と光源氏の遠ざかる青春

「薄雲」巻では**藤壺が崩御し、冷泉帝が秘密を知る**こととなります。それは、光源氏の王者性を実体化するものとなり、「少女」巻の六条院造営へとつながっていきます。一方、「薄雲」巻では斎宮の女御に、「**朝顔**」巻では朝顔の姫君に恋情を拒まれる光源氏には、一途に恋をしていくかつての姿は見られません。「朝顔」巻に出現する藤壺の死霊は、光源氏にその死と遠ざかる青春を実感させるものでもあったのです。

STORY

十四 澪標

光源氏の復活

これがわたしの生きる道なのだ

ものがたり▼ 二十八歳の十月、**光源氏**は**故桐壺院**追善の法華八講を執り行いました。その翌年の二月、**朱雀帝**が退位して、**冷泉帝**が十一歳で即位します。光源氏は内大臣に、**致仕大臣**（かつての**左大臣**）は**摂政太政大臣**に、**宰相中将**（かつての**頭中将**）は**権中納言**に昇進し、光源氏方が政治の中枢を占めることになりました。

三月、**明石の君**に**姫君**が生まれたとの知らせを聞いた光源氏は、かねて受けていた宿曜の予言を思い合わせ、后になると予言された姫君のために乳母を遣わすなどしました。明石の君とのことを打ち明けられた**紫の上**は嫉妬しないではいられませんでした。

秋、光源氏は無事に帰京できた御礼参りのため住吉参詣に出かけました。折しも住吉に詣でた明石の君は、その行列の盛大さに圧倒されます。あらためて光源氏との身分差を痛感し、姫君の境遇を不憫に思う明石の君でした。

斎宮の交替にともなって、**六条御息所**も伊勢から帰京しましたが、病をわずらって出家した後、**前斎宮**（後の**秋好中宮**）のことを光源氏に託して亡くなりました。光源氏は**藤壺**と諮り、前斎宮を冷泉帝に入内させることにするのでした。

◉光源氏はしたたかな政治家になっていた

都世界に復活した光源氏は、したたかな政治家としてその地歩を固めていきます。まず故桐壺院の追善供養を主催して、自身の正統性を宮中の内外に示します。そして冷泉帝が帝位に即くと、政界を引退していた左大臣を呼び戻し、摂政太政大臣として政治を執らせます。批判を招きやすい権力の独占を避けて、自身は目立たぬようにしながら、政権の中枢を身内で固めることによって、確実に権力を手中にしていくのです。光源氏は、もう身を滅ぼすような恋に生きる若き貴公子ではありません。老獪(ろうかい)といってもよい政治力を使って都世界に君臨しようとしているのです。

かねて光源氏は**宿曜(すくよう)（星の運行による占い）の予言**を受けていました。それは、**光源氏には子どもが三人生まれ、それぞれが帝、中宮、太政大臣になる**というものでした。冷泉帝が帝位に即き、そして、明石の君には姫君が生まれました。予言は現実のものとなっていきます。秘密のこととはいえ自身の子が帝になったことをうれしく思う光源氏は、「宿世(すくせ)遠かりけり（わたしの宿運は帝位からは遠いものなのだった）」と思いつつ、将来を見据えます。予言にいう太政大臣は息子夕霧のこととして、明石で生まれた姫君は将来の中宮ということになります。しかし、都から離れた明石の地で育つことは、中宮になるために不利です。姫君が誕生したことを紫の上に打ち明け、姫君を都に迎える算段を思案する光源氏の念頭には、明石母子を引き離すという過酷な選択肢もすでに思い浮かべられていたことでしょう。

◉盛大な光源氏の住吉参詣に、明石の君はわが身のほどを思い知る

光源氏は住吉参詣を盛大に執り行うことにしました。ふだんは華美を好まない光源氏ですが、あえて大々的に宣伝したのでしょう、貴族たちはこぞって参加し、浜辺には見物人が満ちあふれるほどでした。この参詣は、表面的には須磨で立てた願の御礼参りという個人的なものでしたが、**本当の目的は、光源氏の威勢の誇示**です。大きな政権交替があったとはいえ、それは世間からは見えづらいものです。光源氏は内裏を出て、華々しい行列を見せることによって、人びとに御代替わりと自身の威勢を見せつけたのです。

その行列と出くわしてしまった明石の君は、光源氏との身分差をまざまざと思い知らされます。光源氏が参詣していることさえも知らない明石の君は、集まっていた賤(いや)

しい身分の者から笑われる始末でした。舟で参詣した明石の君は、光源氏の行列を遠くに見やるほかはありません。明石で見知った者たちも今はみな昇進して華やいでいます。心がしめつけられて光源氏の姿を見ることさえできない明石の君は、姫君を不憫に思い、その行く末を願って住吉の神に祈るほかはありませんでした。

◉光源氏に釘をさしながら娘を託す六条御息所

六条御息所は、御代替わりによる斎宮交替にともなって、前斎宮とともに都に帰ってきますが、急に発病して亡くなってしまいます。その直前、六条御息所は、見舞いに訪れた光源氏に遺言を残しています。それは**娘である前斎宮の後見を依頼する**ものでした。光源氏は快諾しますが、六条御息所はけっして恋愛の対象にしてくださるなと釘をさします。光源氏によってつらい目にあわされてきた六条御息所は、光源氏のことをよくわかっていたのです。

案の定、前斎宮に心ひかれていく光源氏でしたが、さすがに遺言を反故にすることはありません。光源氏は、朱雀院も前斎宮の入内をとても熱心に望んでいることを知りながらも、**藤壺と諮って、冷泉帝への入内を画策**するのでした。

STORY

十五　蓬生（よもぎう）

末摘花との再会

わたしはここです

ものがたり▼　**光源氏**が須磨にいる間、**末摘花**の生活ぶりは目を覆うばかりでした。故**常陸の宮**（ひたちのみや）の姫君とはいえ、父宮亡き後は光源氏の援助だけを頼りにしてきたのですから、光源氏が都を離れると、たちまち生活が苦しくなってしまいました。日に日に女房たちは少なくなっていき、邸宅は荒れるにまかせるほかはありません。女房のなかには調度や邸を売り払うことを勧める者もいますが、末摘花は故父宮の残してくれたものを大切に守りながら生真面目に暮らしています。

末摘花の母方の叔母に受領の北の方になった者がおり、かつてさげすまれたことを根に持って、末摘花を自分の娘の召使いにしようとくわだてます。夫が**大宰大弐**（だざいのだいに）となって下る折にはともに行くことを強く勧めますが、末摘花は拒否します。叔母は、やむなく乳母子の**侍従**を連れて下っていきました。

そのころ、光源氏は帰京していましたが、末摘花を訪れることはありません。厳しい冬を過ごした翌年の四月ごろ、ついに光源氏が末摘花のもとを訪れます。末摘花の窮状を知った光源氏は手厚く庇護し、二年後には二条東院に移すのでした。

◉末摘花は、蓬生の宿で守られている!?

「末摘花」巻で登場した当初から貧窮していた末摘花でしたが、光源氏の援助も途絶えてしまったこの「蓬生(よもぎう)」巻では、まさにどん底の生活にあえぐこととなります。邸宅も荒れ放題となり、狐の住み処となり、梟(ふくろう)が鳴き、木霊(こたま)のようなものさえ姿を現すようになっています。

荒れた邸宅には霊物が取り憑きやすくなります。「夕顔」巻で夕顔が霊物に取り殺されたのは廃院でのことでした。伊勢物語の芥川の章段では、「あばらなる倉」の中で女性が鬼によって一口で食われてしまいます。狐は人に化けるものと考えられていましたし、梟は不吉な鳥とされていました。木霊は樹木の精霊ですので、荒廃した常陸(ひたち)の宮邸(みや)は、まさに霊物たちの住み処になりつつあったのです。

しかし、末摘花はそこを「**親の御影とまりたる心地する古き住み処**（両親の御面影が留まっているような気がする昔からの住まい）」といって離れようとはしません。末摘花はこの廃屋に寄ってくる霊物たちのなかに両親の霊を感じていたのでしょう。事実、光源氏が訪れる直前、末摘花は故父宮の姿を夢のなかに見ます。朽ち果てていく邸宅を頑なに離れない末摘花は、むしろこの蓬生（よもぎう）の宿によって守られているのです。

◉叔母の負い目が末摘花を追いつめる

荒れ果てていく邸宅でじっと耐えている末摘花の前に、意地悪な叔母が現れます。末摘花の母は、常陸の宮の北の方となっていますから、宮家とつり合う上流貴族か皇族出身の方でしょう。その姉妹であるこの叔母も高い家柄の方との結婚が期待されていたはずですが、受領の妻となってしまいました。叔母は、そのことを宮家から軽蔑されたことを、末摘花につらくあたる理由にしていますが、受領の妻になったことに最も負い目を感じていたのは、叔母自身でしょう。

空蟬の例などを念頭に置けば、叔母が受領の妻となったのは、父などの死去によって生活が苦しくなったからだと考えられます。身分の高い貴族にとって、受領は見下すべき階層の者でしたから、叔母は貴族としてのプライドよりも実利を選択したということになります。そうした叔母にとって、**貧しくとも古風な生活を続ける末摘花の姿は、自身の生き方を非難しているかのように映った**のではないでしょうか。

プライドを捨てて受領の妻として生きる人生を受け入れることができていれば、叔母もこれほど執拗（しつよう）に意地悪をしてくることもなかったはずです。しかし、叔母の負い目は自身でもいかんともしがたく、末摘花を追いつめていくことになるのです。

◉末摘花の変わらぬ心が照らし出す、うつろいやすい人の心

夫が大宰大弐（だざいのだいに）になった叔母は、末摘花にともに行くように強く勧めます。大宰大弐は、外交を担う大宰府の次官ですから、栄えある任官でした。しかし、末摘花は応じません。業を煮やした叔母は、末摘花の乳母子の侍従を連れていきます。乳母子といえば、姫君に一生付き従うべき腹心の女房です。そのような者にまで見捨てられようとする末摘花でしたが、自分の落ちた髪をかき集め、形見として鬘（かずら）にして渡してやります。本来なら衣を贈るところですが、その時の末摘花にはそれが精一杯でした。そして、絶望のなか、末摘花はひたすら光源氏の訪れという奇跡を待ち続けるのです。

「末摘花」巻であれほど強調された末摘花の顔の醜さは、この巻ではほとんど描かれません。ここで語られるのは、**不器用なまでに変わらぬ末摘花の心**です。結果として、その心は光源氏の来訪によって報われることとなります。末摘花の変わらぬ心は、物語のなかで描かれるうつろいやすい人の心を照らし出しているのかもしれません。

STORY

十六 関屋（せきや）

空蝉との再会

忘れることはありませんでした

ものがたり▼ **空蝉**は、**桐壺院**崩御の翌年、夫の**伊予介（いよのすけ）**が**常陸介（ひたちのすけ）**になったため、伴われて常陸に下っていました。**光源氏**が須磨に退去していた間は、思いを伝えるすべもなく時を過ごし、光源氏が帰京した翌年、都に帰って来ました。その上京する途中、ちょうど逢坂の関にさしかかった折、石山寺に参詣しようとしていた光源氏の行列と偶然すれ違ったのです。

常陸介一行はみな牛車から降りて、木陰でかしこまり、光源氏の行列を先に通します。九月の末で、紅葉が美しいころでした。光源氏一行の装束がそれによく映えて見えます。光源氏は牛車の簾（すだれ）を下ろしたまま、空蝉の弟である**右衛門佐（うえもんのすけ）**（かつての**小君（こぎみ）**）を呼んで空蝉に伝言を託し、空蝉も人知れず昔のことを思い返すのでした。

その後も右衛門佐を介して歌のやりとりをするふたりでしたが、そのうち、常陸介が子どもたちに空蝉のことを託して亡くなってしまいました。ところが、常陸介の前妻の子である**河内守（かわちのかみ）**（かつての**紀伊守**）が空蝉に言い寄ってくるようになります。それを嫌った空蝉は、誰にも知らせることなく出家してしまうのでした。

◉男女が逢い、別れる場としての「逢坂の関」

「夕顔」巻の巻末で空蝉が常陸介となった夫の伊予介に従って任国に下って行ったのは、光源氏十七歳の折のことでした。**それから十二年、それぞれの人生を歩んできたふたりが、逢坂の関という場で再会する**ことになります。

逢坂の関は、山城国（やましろのくに）と近江国（おおみのくに）との境界にある交通の要衝で、都から東国への出入り口にあたる場所でした。また、和歌では「逢坂の関」の「あふ」に男女が「逢ふ」ことが掛けられ、恋の歌に多く詠まれていますので、逢坂の関は、ふたりの再会の場としてふさわしいといえます。ただ、百人一首にもとられている「これやこの行くも帰るも別れては知るも知らぬも逢坂の関（これがまあ、行く人も帰る人も別れては、互いに知っている人も知らない人も出逢うという、あの逢坂の関であることよ）」という蟬丸（せみまる）の歌にみえるように、「逢坂の関」は人と人とが逢いながらも、再び別れていく場でもありました。光源氏は空蟬に対して「関迎へ」に来ましたと言葉をかけますが、実際に逢うことなど許されるはずもありません。ふたりはこの逢坂の関ですれ違っていくほかはなかったのです。

◉あの小君もまた光源氏を裏切っていた

空蟬の夫の伊予介は、桐壺院崩御の後、常陸介となりましたが、それはちょうど右大臣方が勢力を伸ばし、光源氏方を圧倒していった時期のことです。常陸国は親王が国守（太守）に任命される親王任国で、しかも大国ですから恵まれた赴任です。常陸介は光源氏方が不利だと見るや、すぐに右大臣方につき、その地位を得たのでしょう。しかし、受領たちは、権力の移り変わりに非常に敏感ですから、光源氏が復活すればすぐに手のひらを返します。逢坂の関で牛車から降りてかしこまりながら光源氏の行列を先に通す常陸介の姿には、受領階層の人びとの生き方が映し出されています。

そうしたなか、ひさしぶりに空蟬の弟の小君が右衛門佐として登場してきます。「空蟬」巻では光源氏にかわいがられていましたが、その後、どうしていたのでしょうか？　実は、光源氏須磨退去の折には、右大臣方に配慮して常陸に下っていたのでした。光源氏から受けた恩義を裏切ったともいえるこの行動を、光源氏は気にとめていないかのようにふるまっていますが、わだかまりは残っています。挽回のチャンスを探る右衛門佐は、**光源氏に取り入るために姉の空蟬を光源氏に近づけよう**とします。

その言動はすでに受領と見分けがつかないほどです。環境が人を変えたというべきでしょうか。しかし、これもまた哀しい現実のひとつなのです。

◉再会は永遠の別れにつながる!?

常陸介の死後、空蝉は尼になってしまいます。別れた男女の再会を語る再会譚では、永遠の別れにつながる結末が少なからず見られます。イザナキ・イザナミ神話では黄泉国(よみのくに)を訪問したイザナキは変わり果てたイザナミの姿を見て逃げ帰りますし、伊勢物語六十段などでも、かつて夫婦であった男と再会して歌を詠みかけられた女は尼になってしまいます。**再会は、むしろお互いが歩んできた人生の懸隔(けんかく)を明らかにしてしまう**のです。空蝉が尼になった直接の理由は、河内守に言い寄られたことでした。しかし、この再会もまた、内大臣と受領の妻というふたりの埋めようのない懸隔を見せつけ、長年にわたる恋物語にピリオドを打つものとなっているのです。

空蝉は、この後、「玉鬘(たまかずら)」「初音(はつね)」巻に点描されており、光源氏によって二条東院に迎え入れられたことがわかります。けれども、そこで新たな展開が語られることはありません。空蝉は静かに仏道修行に励み続け、ひっそりと姿を消していくのです。

STORY

十七 絵合（えあわせ）

絵合による決着

わたしの勝ちだ

ものがたり▼ 三十一歳の春、**光源氏**は**藤壺**と画策して、**六条御息所**の娘である**前斎宮**を女御として**冷泉帝**に入内させます。**斎宮の女御**（後の**秋好中宮**）に思いを寄せる光源氏の兄である**朱雀院**は、とても残念に思いながらも豪華な贈り物をするのでした。

冷泉帝の後宮には、すでに**権中納言**（かつての**頭中将**）の娘である**弘徽殿女御**（こきでんのにょうご）が入内しており、帝の寵愛をめぐって、ふたりが競い合うことになります。冷泉帝は、はじめこそ弘徽殿女御に馴染んでいたものの、絵に興味を持っていたため、しだいに絵が上手な斎宮の女御の方に心寄せるようになります。権中納言は目新しい絵を集めて帝の興味をひこうとし、それを聞いた光源氏も由緒ある絵を選び出しました。

宮中では絵のことがもっぱらの話題になり、**藤壺**の御前で、右方と左方とに分かれて物語絵の優劣を競う絵合（えあわせ）が開催されましたが、勝敗がつかず、帝の御前で決着をつけることになりました。両者の絵はいずれも甲乙つけがたいものでしたが、最後に光源氏が書いた須磨の絵日記が出されます。それを見た誰もが心打たれずにはいられません。勝敗は、斎宮の女御方の勝ちで決着したのでした。

◉朱雀院は「負け馬」か？

考えてみれば、**光源氏というスーパースターを弟に持った朱雀院も大変だった**ことでしょう。桐壺院の第一皇子に生まれながら、父は第二皇子の光源氏を可愛がりました。結果的に光源氏は臣籍に降下し、朱雀院は東宮になることができましたが、何かあるたびに注目を浴びるのは光源氏でした。帝になってからも、父院の崩御の折には光源氏を重んじるように遺言され、一時期、光源氏が都から去ったかと思えば、ついには呼び戻さざるを得なくなりました。女性のことに関しても、最愛の女性であった朧月夜は光源氏のことを愛し続け、そしてまたこの「絵合（えあわせ）」巻でも心寄せていた前斎宮は、光源氏によって冷泉帝に入内させられてしまいます。

朱雀院は「負け馬」だとする見方があります。たしかに、その人生を振り返るとそのように評されることは理解できます。しかし、**朱雀院は帝になり、光源氏は帝になれなかった**という事実はやはり重いものとしてあります。後年、朱雀院が主導する女（おんな）三（さん）の宮（みや）の降嫁が光源氏の晩年にとても暗い影を落とすことも見逃せません。この気弱な朱雀院からはまだまだ目が離せないようです。

◉絵合という「政治的」な闘いに勝つべくして勝った光源氏

桐壺朝では、右大臣方と左大臣方が権勢を競っていましたが、朱雀朝になって右大臣方の専制となり、この冷泉朝では左大臣方が勢力を持つようになりました。すると今度は、その左大臣方のなかで権力をめぐる闘いが起こるようになります。

かつて恋のライバルであった光源氏と権中納言は今や敵対する政治勢力の代表者です。**そのふたりが冷泉帝後宮の覇権をかけて臨んだのがこの絵合で、斎宮の女御と弘徽殿女御とをそれぞれ全面的に支援することによって競い合った**のです。

権中納言・弘徽殿女御方が現代の粋を凝らした絵を出すのに対して、光源氏・斎宮の女御方は由緒ある絵で対抗し、緊迫した勝負が続きますが、最後は、**光源氏が須磨で書いた絵日記によって決着**します。かつての左大臣方の人びとは、光源氏の須磨退去という犠牲のうえに立って、現在の地位を得ています。たとえ権中納言といえども、須磨のつらい体験を封じ込めたこの絵に文句をいえるはずはありません。文字通り、光源氏の切り札であり、光源氏は勝つべくして勝ったのです。ただし、光源氏がこの絵を出したのは、たんにこの勝負に勝つためだけではないでしょう。宮中の人びとす

べてに自身の存在の重さを知らしめ、ゆるぎない権勢を手中にする思惑もそこに見ることができるのです。

◉冷泉帝のために新たな文化を創造していく光源氏

光源氏が権勢に執着する理由のひとつには、冷泉帝のことがあげられます。本当の父親が光源氏である冷泉帝は、本来なら帝にはなれない人物です。その冷泉帝を守るためには、自分が権勢を手中にして治世を支える必要があります。藤壺と諮(はか)って斎宮の女御を入内させたのも、お互いの思惑が一致したからでもありました。

ただ、**光源氏は冷泉帝の治世を安定させるばかりか、これまでにはない聖代にしようとしている**ようです。絵合のように、右方と左方に別れて物を出し合い、優劣を競う遊びを物合(ものあわせ)といい、もっとも一般的なのが歌合です。しかし、ここではその歌合ではなく、絵合が行われます。実は、源氏物語以前に絵合が開催されたという記録はありません。もし源氏物語がはじめてそれを描いているとすれば、冷泉帝の治世は、新たな文化を創造する御代ということになります。絵合が開かれることになるその過程にも、光源氏の思惑が働いていると見るべきでしょう。

STORY

十八 松風（まつかぜ）

明石の君との再会

明石と同じ
風が吹いています

ものがたり▼ 三十一歳の秋、二条東院が完成し、**光源氏**は**花散里**をその西の対に移しました。東の対には**明石の君**を迎えようと考えて、たびたび上京を促しますが、身のほどを考える明石の君は都世界に入ることをためらっていました。**明石の入道**は、妻である**明石の尼君**が受け継いでいた大堰（おおい）の邸を修繕してそこに住まわせることにし、光源氏も**惟光**を派遣して、整備などをさせます。

光源氏のたび重なる催促もあり、明石の君は、明石の尼君と**姫君**とともに上京することにします。明石の地にとどまる明石の入道と涙ながらに別れを惜しみ、目立たぬように舟で出発した明石の君一行は大堰の邸に入りました。大堰川も近く、明石の海辺に似ている風情でしたが、なかなか光源氏の訪れはありません。光源氏の形見の琴（きん）の琴（こと）を掻き鳴らすと、松風の音が響き合いました。

嵯峨野の御堂に行くことを口実としてようやく訪れた光源氏は、三年ぶりに明石の君と再会し、姫君にもはじめて対面しました。桂で饗宴を催した後に帰邸した光源氏は、嫉妬する**紫の上**をなだめながら、姫君を引き取ることを相談するのでした。

◉明石の君の身のほど意識が、二条東院構想を変更させる

二条東院は、二条院の東側にある邸宅で、故桐壺院から光源氏が受け継いで改築したものです。**「澪標」巻で、都に戻った光源氏が花散里などの女性たちを集めるために着工され、この「松風」巻で完成**しました。光源氏は、母桐壺更衣の旧邸あとの二条院に紫の上とともに住んでいますから、二条東院はそれに付随する施設と考えることができます。光源氏は、西の対には花散里、東の対には明石の君、そして広く作られた北の対には、空蝉や末摘花などの女性たちを住まわせようと考えていました。

ところが、明石の君は、都の高貴な女性たちのなかでは自分は取るに足りない存在であり、そのような扱いでは姫君のためにもならないだろうと、**自身の身のほどを思って上京をためらいます。**もちろん、聡明な明石の君は、姫君の将来のためには上京すべきだということも理解していますが、どうしても決心がつかないのです。

結局、明石の君は二条東院に入ることを拒み通します。光源氏は二条東院に明石の姫君も迎えるつもりでしたが、それもできなくなります。光源氏の二条東院構想は、明石の君の身のほど意識によって変更を余儀なくされるのです。

◉大堰は、都世界に近接しながら、明石の世界にも繋がっていた

上京はしても、都世界には入らない。一見、矛盾するようなことを可能とする場所として選ばれたのが平安京の近郊にあった大堰(おおい)です。大堰は、嵯峨野嵐山の下を流れる大堰川のほとりの地です。大堰川の上流を保津川、下流を桂川といいますが、大堰は船遊びなどが行われる遊覧の地としても知られた山里で、貴族の別荘地でもある一方、周辺の荘園を背景とした河川運輸の基地にもなっていたことから、民衆の活気にあふれた土地でもありました。明石の入道は莫大な私財を蓄えていましたが、それには農耕によるものばかりではなく、瀬戸内海の水運によるものも含まれていました。

明石の地を離れる明石の君たちは舟を使います。もちろん人目を避けようとしたこともありますが、莫大な財産の運搬には舟が適していました。大堰と明石とは似ているばかりではなく、水上交通によって結びついていたのです。

大堰は、都世界に近接しながら、明石の世界にも繋がっています。明石の君たちは、様子をうかがうようにその場所までにじり出てきたのです。

◉明石的なるものを捨てていく明石の君たち

明石の姫君が将来后になっていくためには、受領の娘を母に持つことや、明石という都から離れた土地で生まれたことはマイナスの要素になります。明石の一族と呼ばれる、**明石の入道、明石の尼君、明石の君、明石の姫君は、それらマイナスの要素になる明石的なるものを捨てていかなければなりません。**

明石の君たちは明石の地を捨てて上京することにしましたが、受領であった明石の入道は明石の地にとどまり、かわりに明石の尼君が明石の君母子につき添って上京します。明石の尼君は故中務宮(なかつかさのみや)の孫にあたりますから、家柄としては申し分ありません。大堰の邸はその故中務宮のものでした。明石の君たちが尼君とともに大堰の邸に入ることには、その系譜にあることを示そうとする意図もあったのです。

出発の朝、明石の地において明石の女性たちは入道に今生(こんじょう)の別れを告げることとなります。偏屈者とされる入道でしたが、涙をとどめることはできません。それは長年連れ添ってきた尼君も、明石の君も同じでした。道中、明石の君は自身を「うき木」に喩(たと)えた歌を詠みますが、まさに大海原に漂う小舟のような心境だったことでしょう。

STORY

十九 薄雲（うすぐも）

藤壺の死

灯火が消え入るように

ものがたり▼ 三十一歳の冬、**光源氏**は、**明石の君**に、**姫君**を**紫の上**の養女とするよう提案します。悩んだ末、姫君の将来を考えて引き渡すことを決意した明石の君でしたが、姫君との別れはつらいものでした。二条院に迎えられた姫君はしだいに紫の上に馴染むようになり、紫の上も明石の君の苦衷（くちゅう）を思いながら姫君を愛育します。

翌年、**太政大臣**（かつての**左大臣**）が亡くなります。この年は天変も続き、世間も不安に包まれていましたが、三月になると、かねて臥せっていた**藤壺**が、光源氏に感謝のことばを述べた後、灯火が消え入るように亡くなってしまいます。享年三十七歳。人びとが哀惜するなか、光源氏はひとり泣き暮らすのでした。

藤壺の四十九日も過ぎたころ、藤壺の母后の代から祈祷僧として仕えてきた**夜居（よい）の僧都（そうず）**が、**冷泉帝**に出生の秘密を漏らします。光源氏が実父であることを知って衝撃を受けた冷泉帝は光源氏に譲位をほのめかしますが、光源氏は固辞します。

秋、**斎宮の女御**に恋情を打ち明けながら若き日が遠ざかったのを感じる光源氏の胸中には、四季を愛（め）でる邸宅の構想も浮かんでいるのでした。

◉姫君に袖を引かれる明石の君の心痛

明石の地を捨て、明石の入道とも別れて大堰までやってきた明石の君でしたが、ここで姫君とも別れねばなりませんでした。明石の君は、長年の間、受領の娘という身分に苦しんできました。**姫君を同じ境遇に置きたくない明石の君は、紫の上の養女とする提案に頷かざるを得なかった**のです。

けれども、別れる日のつらさは喩えようがありませんでした。明石の君が迎えの牛車のところまで姫君を抱いて出てくると、姫君が明石の君の袖を持って「乗りたまへ（一緒にお乗りになって）」と引くのです。古代においては袖には魂が籠もると考えられていましたから、袖を引くのは相手の魂に訴えかけるふるまいだといえます。姫君は、幼心にこれが母との今生の別れになるかもしれないということを感じとっていたのでしょう。しかし、明石の君はその牛車に乗ることができません。まさに魂をもぎ取られるような痛みをおぼえる明石の君は、嗚咽にふるえながら姫君の小さな手をやさしくふりほどくしかなかったのです。

◉そして、藤壺は、天女のように永遠に手の届かない女性となった

光源氏が心から愛した藤壺は三十七歳の厄年で崩御します。厄年は十三歳、二十五歳、三十七歳、四十九歳、六十一歳というように十二年ごとにめぐってくる、人生における死と再生のサイクルともいうべきものです。なかでも三十七歳は、若さと老いとが交錯する盛りの年齢です。「若菜下」巻で紫の上が発病して仮死に陥るのも三十七歳でしたから、この物語では理想的な女性の寿命として考えられていたようです。

また、**藤壺の死は「灯火（ともしび）などの消え入るやうに」と表現されます。**登場人物たちの死をめぐる比喩的な表現には、柏木の「泡の消え入るやうにて」（「柏木」巻）、紫の上の「消えゆく露の心地して」（「御法（みのり）」巻）、大君（おおいぎみ）の「ものの枯れゆくやうにて」（「総角（あげまき）」巻）などがありますが、藤壺の場合は、法華経の「煙、尽きて燈（ともしび）の滅（き）ゆるが如し」という釈迦の入滅の表現に基づいています。

その年齢や表現によって、藤壺の死は、理想的な女性にふさわしいものとして描かれています。そして、藤壺は、光源氏にとって、まさに天上に去って行った天女のように永遠に手の届かない女性となったのでした。

◉秘密の漏洩が光源氏の王者性に現実的な力を与える

　当時、天変地異は、とくに治世に対する警告としてとらえられていました。しかも、太政大臣の薨去に続き、帝の母后である藤壺も崩御したとなると、ただ事ではありません。夜居の僧都が冷泉帝に出生の秘密を打ち明けることにした理由のひとつに、そうした天の啓示に対する恐れがありました。本来帝であってはならない冷泉帝が帝になっているという秘密を抱えていることに、夜居の僧都は耐えきれなかったのです。

　光源氏が譲位の申し出を固辞したため、冷泉帝は帝位に留まることになりますが、冷泉帝が秘密を知ったことによって、光源氏は帝の父として立場を与えられることになります。もちろん、それを世間の人びとは知るよしもなく、冷泉帝が帝であることは変わりません。しかし、冷泉帝は光源氏を内心、父として敬い、扱おうとしますから、光源氏は臣下でありながら帝を凌ぐ力を手に入れたことになります。

　藤壺を失った冷泉朝において、超人的な美質を持っていても、外戚でもない光源氏の政治的基盤は弱まるはずでした。しかし**藤壺の死に伴う夜居の僧都の密奏**（**帝への秘密裏の奏上**）**は、光源氏の王者性に現実的な力を与えることになる**のです。

STORY

二十 朝顔（あさがお）

朝顔の姫君との恋

わたしは色あせた朝顔

ものがたり▼　三十二歳の秋、**光源氏**は、父**桃園式部卿宮**（ももぞののしきぶきょうのみや）の薨去によって斎院を退いた**朝顔の姫君**（あさがお）のもとを訪れるようになります。朝顔の姫君とともに住む叔母の**女五の宮**は、光源氏に姫君との結婚を期待します。けれども、長年の恋情を訴える光源氏に対して、より慎み深くなった朝顔の姫君の返事はとてもそっけないものでした。

まったくうち解けようとしない朝顔の姫君の態度に、光源氏の執心は強まり、世間でも噂になります。心穏やかではいられない**紫の上**でしたが、それを顔色に出すことはありませんでした。

十一月、桃園式部卿宮邸に出かけた光源氏は、年老いた**源典侍**（げんのないしのすけ）と出会い、世の無常を思います。朝顔の姫君に一声なりとも聞かせてほしいと懇願する光源氏でしたが、朝顔の姫君は頑なに拒みます。かといって無愛想ではないその態度に光源氏はかえって心ひかれるのでした。

雪の降り積もった夜、光源氏は紫の上に**藤壺**をはじめとした女性たちについて語ります。亡き藤壺が恨めしげに光源氏の夢枕に立ったのはその夜のことでした。

◉光源氏を拒み続けた朝顔の姫君の寂しさ

斎院にもなった朝顔の姫君は、一貫して光源氏を拒絶してきましたが、「帚木」巻以前に一度だけ契りを交わしたことがあるのではないかという説があります。朝顔の姫君が物語に最初に登場する「帚木」巻では、**光源氏がこの姫君に朝顔を贈った時の歌が女房たちの話題になっています。**当時の朝顔が何をさすかについてはキキョウのほか諸説ありますが、和歌では、朝咲いてしぼんでしまうはかないイメージと、朝の寝起きの顔、つまり男女の共寝のあとが連想される官能的なイメージというふたつの方向性で歌われます。光源氏が贈った朝顔の花を後者のイメージでとれば、光源氏は朝顔の姫君と共寝をした後の朝の顔を見たことになるというわけです。

しかし、物語に描かれるふたりの間柄を見るかぎり、そのようなことを考えることはできません。むしろ、朝顔の歌は、**姫君の強い拒絶にあった光源氏が、わざとふたりに何かあったかのような歌を詠んだ**とも見ることができます。

この「朝顔」巻でも、光源氏は「見しをり（昔逢った折）」の「朝顔の花のさかり（姫君の容貌の盛り）」は過ぎてしまったのでしょうかと、ふたりの関係を前提にしながら失礼とも思える歌を贈ってきます。それに対して、「あるかなきかにうつる朝顔（わたしははかなく色あせる朝顔の花です）」と答える朝顔の姫君は、だからもう恋などはできないのですと、光源氏を拒んでいきます。余裕さえも感じさせる受け答えですが、しかし、そこにはかすかな寂しさもにじんでいるようです。

◉紫の上は嫉妬の仕方までもが理想的だった？

紫の上は、その嫉妬の仕方までもが理想的だとされます。「澪標」巻で、光源氏から明石の君のことを告白され、「恨まないでくださいね」といわれた紫の上は、ぽっと顔を赤らめて、我ながら嫉妬心が疎ましいとしながらも、「そうした心をいったい誰が教えたとお思いですか」といって涙ぐみます。光源氏は、そのような紫の上の嫉妬をかわいらしいと見るのです。嫉妬は自分より身分の低い女性にはするものではないとされていましたので、紫の上は、女房階級の女性に嫉妬することはないはずですが、光源氏の娘を生んでいることなどもあり、この明石の君は別だったのでしょう。

明石の君への嫉妬心が、姫君を預かることによってやや落ち着いたところに聞こえてきたのが、光源氏と朝顔の姫君との噂話でした。まさかと思いながら、紫の上は朝顔の姫君と自分とを比較し、世間の評判も家柄も及ばない自分自身を思い知ります。けれども、今回はその嫉妬の心を顔色にも出しません。それだけ紫の上には深刻な痛手となっていたのです。後年、女三の宮の降嫁にともなう苦悩によって紫の上は病を得ていきますが、**ひとりで抱え込む嫉妬心は自身の心の奥深くを傷つけていく**こととなるのです。

◉藤壺が死霊となってはじめて口にすることができたことば

「朝顔」巻末で光源氏の夢枕に立った藤壺の死霊は、光源氏が紫の上に自分の話をしたことを「つらし」ということばで恨みます。「つらし」は、相手のせいで自分がつらいということを表現することばで、現代語の「恨めしい」にあたります。生前の藤壺は、光源氏によってどんなにつらい思いをさせられても、「うし」と自身の宿命の拙さを嘆くばかりでしたので、死霊の発する「つらし」ということばには、光源氏を厳しく糾弾する響きがこもります。藤壺は死してはじめてひとりの女性として光源氏と真正面から向き合うことができるようになったともいえます。生前の藤壺は、愛する心さえもがんじがらめに縛りつけなくてはならない苦しみを抱えていたのです。

STORY

二十一 少女（おとめ）

夕霧の幼恋

たかが六位のぶんざいで

ものがたり▼ **光源氏**は**朝顔の姫君**に恋情を訴えつづけますが、姫君の態度は変わりません。

光源氏三十三歳の年、故**葵の上**との子である**夕霧**が十二歳となり、元服します。四位に叙せられるところを、光源氏の教育方針によって六位にとどめられ、大学寮で学問に専念することになりました。祖母の**大宮**（おおみや）は不満でしたが、夕霧は勉学に励みます。

秋、**斎宮の女御**（**秋好中宮**（あきこのむちゅうぐう））が中宮に決まり、光源氏は太政大臣、**右大将**（かつての**頭中将**）が**内大臣**となりました。**冷泉帝**の中宮争いに敗れた内大臣は、娘の**雲居雁**（くもいのかり）を東宮に入内させようとしますが、雲居雁と夕霧とが恋仲になっていることを知ります。激怒した内大臣は、ふたりを養育していた大宮を非難しつつ、雲居雁を自邸に引き取ります。仲を引き裂かれるふたりは嘆き合いますが、どうしようもありません。

落胆した夕霧は、**惟光**の娘である**五節の舞姫**（ごせちのまいひめ）に懸想（けそう）したりもしますが、翌年の春、**朱雀院**行幸の折の放島（ほうとう）の試みによって進士（しんじ）に及第し、秋には侍従（じじゅう）に任じられます。

三十五歳の秋、四季の町を擁する六条院が完成し、女君たちが移り住みました。

◉光源氏は、わが子夕霧に自分とは異なる道を歩ませる

元服した夕霧を光源氏は六位にとどめ、大学寮に入学させますが、そこにはどのような考え方があったのでしょうか？　大宮に対して語ったことによれば、光源氏は、子が親にまさることが少ないという経験的に得た実感を前提として、とくに名門出身の子は苦労することなく栄達することができるために、いざ落ちぶれたときにはどうしようもなくなることを述べます。そして、**将来国家の重鎮となるためには、学問がどうしても必要であると説く**のでした。当時の学問は、漢学をさします。光源氏は、「才（ざえ）」である漢学をもととしてこそ、それを運用する能力である「大和魂（やまとだましい）」も世間に重んじられるようになるというのです。

宿曜（すくよう）の予言によれば、夕霧は太政大臣になるはずです。夕霧に対するこうした教育方針は、その実現を念頭に置いたものであると考えられます。ただ、**光源氏が、わが子夕霧に、自分とは違った道を歩ませようとしている**ことは重く見てよいでしょう。光源氏が現在の地位に至るためには、それこそ多くの波乱を乗りこえなければなりませんでした。夕霧が同じ道を歩むことはできませんし、歩ませてはいけません。夕霧は、父親のこの教育方針をひどく不満に思いますが、結果として、夕霧は、光源氏とは異なった「まめ人（真面目な人）」としての人生を歩むこととなるのです。

◉家と家との対立によって仲を引き裂かれる夕霧と雲居雁

しかし、やはり光源氏の子どもというべきか、若い光源氏が藤壺というたったひとりの女性を愛したのと同じように、夕霧も雲居雁という女性を愛するようになっていました。雲居雁は内大臣の娘ですが、母親は弘徽殿女御の母とは異なります。皇族の血を引く方でしたが、今は按察大納言の北の方となっています。そのため、雲居雁は内大臣に引き取られ、大宮に預けられていました。**夕霧も亡き葵の上の母である大宮のもとで育てられていましたので、ふたりは幼なじみで、いつしかお互いに恋心を抱くようになっていたのです。**

幼なじみの恋を語る話としては伊勢物語の筒井筒の章段があります。親が勧める縁談も断って恋を成就させた若いふたりと同じように、最終的には「藤裏葉」巻で夕霧と雲居雁も結婚を許されることにはなりますが、そこに至るまでには**家と家との対立に巻き込まれ、仲を引き裂かれる**という試練を経なければなりませんでした。

すでにふたりが契りを交わしていることもあって、内大臣は雲居雁の東宮入内を断念せざるを得ません。内大臣にしてみれば、後宮の覇権争いでまたしても光源氏に煮え湯を飲まされた格好になります。雲居雁の乳母が夕霧に向かって「もののはじめの六位宿世（すくせ）よ（縁談相手が六位の者であるような運命なんて）」と悪態をつきますが、それも内大臣の怒りを代弁したものなのでした。

◉四季の女性たちを集めた六条院がついに完成！

「少女」巻の巻末では、六条院が完成したことが語られます。女性たちを一ヵ所に集める光源氏の構想は、二条東院に示されていましたが、六条院はそれをさらに発展させたものです。

光源氏は、東南の町は紫の上と光源氏が暮らす春の町、西南の町は秋好中宮（あきこのむちゅうぐう）が住まう秋の町、東北の町は花散里の夏の町、西北の町は明石の君が入る冬の町といったように、四つの町を四季の風情によって彩り、それぞれの町にはその季節にふさわしい女性たちを配します。**六条院は、みやびの粋を凝らしつつ、いろごのみの王者としての光源氏の姿を示す邸宅**なのでした。

六条院平面図

六条院は、四季の町それぞれに女性たちを配置する邸宅でした。南側に春と秋、北側に夏と冬の町があり、光源氏は春の町に紫の上とともに住んでいました。

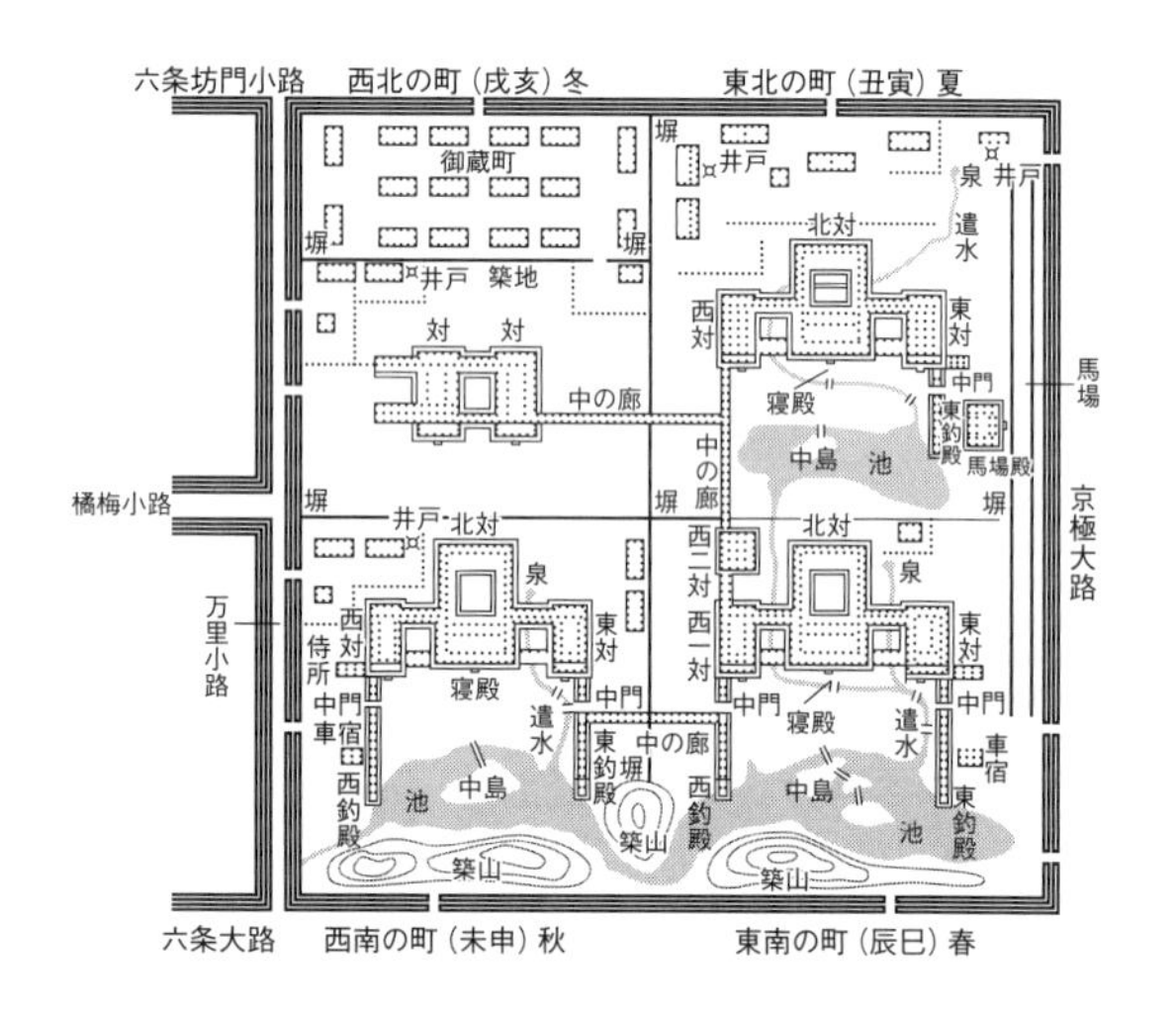

東南の町（春の町）＝紫の上

※女三の宮降嫁以降は、紫の上は東の対に移り、寝殿は東西に分けて、西側を女三の宮、東側を明石の女御の居所とした。

西南の町（秋の町）＝秋好中宮

※秋好中宮の母六条御息所の旧邸跡にあたる。

東北の町（夏の町）＝花散里

※西の対には玉鬘が住む。

西北の町（冬の町）＝明石の君

※寝殿はなく、大きな対屋が二つ存在する。

第五章 栄華

Eiga

「玉鬘」「初音」「胡蝶」「蛍」「常夏」「篝火」「野分」「行幸」「藤袴」「真木柱」「梅枝」「藤裏葉」

Tamakazura, Hatsune, Kochou, Hotaru, Tokonatsu, Kagaribi, Nowaki, Miyuki, Fujibakama, Makibashira, Umegae, Fujinouraba

❖ 玉鬘十帖は、夕顔の物語の後日譚

「玉鬘（たまかずら）」巻から「真木柱（まきばしら）」巻までの十帖は**玉鬘十帖**と呼ばれ、玉鬘という女性に対して多くの貴公子たちが恋心を寄せる話（玉鬘求婚譚）が語られていきます。

玉鬘は夕顔の娘ですので、**玉鬘十帖は、夕顔物語の後日譚**というとらえ方ができます。とすると、**帚木三帖と「末摘花」巻の後日譚が、「関屋」「蓬生」巻および玉鬘十帖において語られている**ということになります。

これらの巻々を**玉鬘系**と呼び、その他の巻々を**紫の上系**ととらえて、「**藤裏葉（ふじのうらば）**」巻までの源氏物語は、まず紫の上系が書かれ、その後に玉鬘系が書かれて差し込まれたという説（玉鬘系後記挿入説）があります。たしかに興味深い説ですが、源氏物語の巻々がどのような順番で書かれたかということについては、その根拠を作品の内部に求めるほかはなく、仮説にとどまらざるを得ないのが現状です。

❖ 六条院の四季のうつろいのなかで描かれる玉鬘求婚譚

玉鬘十帖には、光源氏三十五歳の折のことから三十八歳のことが語られていますので、年数にすると四年という時間がそこに流れていることになります。ただし、「玉鬘」巻では玉鬘が六条院に引き取られるまでの経緯が、「真木柱」巻では玉鬘求婚譚の結末が語られているととらえると、光源氏三十六歳から三十七歳の秋まで、そのなかでも、とくに玉鬘の裳着が行われ、尚侍としての入内が決まっていく「**行幸**」「**藤袴**」巻以前の三十六歳の一年間に力点が置かれていることがわかります。つまり、玉鬘十帖は、おおむね、「**初音**」「**胡蝶**」**巻の春、**「**蛍**」「**常夏**」**巻の夏、**「**篝火**」「**野分**」**巻の秋、そして**「**行幸**」**巻の冬**という**六条院の四季のうつろいのなかで描かれる玉鬘求婚譚**が骨格となっているのです。

❖ 光源氏、ついに栄華の絶頂へ！

「**梅枝**」巻は、「少女」巻までに語られていた光源氏が栄華に向かっていく物語を語り継いでいきます。そして、「**藤裏葉**」巻で光源氏は准太上天皇となり栄華の絶頂期を迎えます。昔話でいえば、「めでたし。めでたし」で締められる大団円にあたるこの「**藤裏葉**」**巻で、光源氏物語は大きな節目を迎える**ことになります。

STORY

二十二 玉鬘（たまかずら）

玉鬘の登場

わたしはどうしてさすらうの？

ものがたり▼ **光源氏**は、「夕顔」巻で死去した**夕顔**のことを忘れることができません。その夕顔の遺児である**玉鬘**（たまかずら）は、夫が**大宰少弐**（だざいのしょうに）となった乳母（めのと）に連れられて、筑紫（つくし）に下っていました。その後、少弐が病没したこともあって、上京することはかないませんでしたが、美しく成長して、求婚者が絶えません。なかでも、肥後国（ひごのくに）の豪族である**大夫監**（たいふのげん）の求婚は強引で、一方的に結婚の日取りを決めてしまうほどでした。恐れをなした乳母たちは、玉鬘を連れて筑紫を脱出して京に逃げてきます。けれども京にあてがあるわけでもありません。やむなく神仏の加護にすがるために、長谷寺に参詣することにしますが、辿り着いた椿市（つばいち）で、夕顔の侍女であった**右近**と出会います。右近も姫君との再会を祈願して長谷寺に参詣していたのです。

今は**紫の上**の侍女となっている右近から報告を受けた光源氏は、実父である**内大臣**（かつての**頭中将**）には知らせないまま、六条院夏の町の西の対に玉鬘を迎え入れ、その後見を**花散里**に依頼します。玉鬘と対面した光源氏は玉鬘の美しさに満足します。

年末、光源氏は六条院や二条東院の女性たちに正月の衣装を整えて贈るのでした。

◉玉鬘のほんとうのさすらいは六条院に入ってから始まる!?

「少女（おとめ）」巻で完成した六条院に、新たなヒロインが登場します。夕顔の遺児、**玉鬘（たまかずら）**です。玉鬘は「帚木」巻や「夕顔」巻に内大臣と夕顔との間に生まれた女の子として語られていましたので、正確には再登場ということにはなりますが、**「夕顔」巻から十七年の歳月を経て、美しく成長した姫君として物語の中心に躍り出てくる**のです。

夕顔の死後、玉鬘は乳母に連れられて都を離れ、筑紫で育ちます。そもそも夕顔が内大臣の前から姿を隠したのは、内大臣の正妻によるいやがらせのためでしたから、夕顔亡き後、玉鬘が内大臣に引き取られれば、継母からのいじめを受けるおそれがあります。玉鬘は、継母のいじめから逃れ、さすらいの旅路へと赴くことになったのです。

実母を亡くした姫君が継母にいじめられてさすらうものの、男君に救われて幸福になるという物語展開は、継母子譚（ままははこたん）と呼ばれ、平安時代の物語のなかでは落窪（おちくぼ）物語や住吉物語などにその典型が見られます。玉鬘は直接継母から迫害を受けることはありませんが、さすらいの途上、強引に求婚してくる大夫監によって試練を与えられることになります。とすると、玉鬘という継子を救うヒーローは光源氏となりそうですが、そう簡単にはいきません。実は、**光源氏こそその恋心によって玉鬘を悩ませる張本人となる**のです。玉鬘のほんとうのさすらいは、むしろ、この六条院に入ったところからはじまります。

◉大夫監という異域の王者から逃れ去る玉鬘

玉鬘に求婚してくる大夫監は、肥後国の豪族でした。「大夫監」とは、大宰府の三等官の大監で、大夫である五位に叙された者のことですが、もともと大監は正六位下相当ですので、特別待遇を受けたその地域の有力者であることがわかります。当時、大宰府は海外との交易を担っていましたから、相当な財力を持っていたとも考えられますし、地縁や血縁を背景とした人脈の広さも想像がつきます。物語では「勢ひいかめしき兵」と紹介されていますので、実際強い武力をも持っていたのでしょう。肥後国の豪族であった菊池氏などがモデルだとする説もありますが、この大夫監には「すきたる心」があり、容貌の美しい女性を集めようとしていたとも語られ、都から離れた地方の異域の王者ともいうべき強烈な個性を持った人物として描かれています。

しかし、いくら物質的な力を持つ王者でも、大夫監の生きる世界は、やはり「みやび」の世界ではありません。和歌を詠んで馬鹿にされたと思った大夫監は、「和歌ぐらいは詠めるのだ」と乳母たちにすごみますが、そこには**都世界に対する強烈な劣等意識**が表れています。玉鬘たちはそんな大夫監から逃れ去るほかはなかったのです。

◉玉鬘は亡き夕顔に導かれる!?

いわゆる継母子譚では、主人公の継子は、神仏の霊験（れいげん）や亡き実母の霊によって苦難から救われますが、さすらう玉鬘の運命を開いたのが長谷寺への参詣でした。玉鬘は神仏の加護を求めて、心のなかで母親に呼びかけながら歩み、そして、歩くことができなくなった椿市で母親の侍女であった右近と出会うことになるのです。

長谷寺は、奈良県桜井市初瀬にある寺で、十一面観音を本尊とします。枕草子や蜻蛉日記、更級日記にも参詣の記事が見え、当時から多くの人びとの信仰を集めていました。右近もかねてこの長谷観音に祈願しており、その霊験によって玉鬘と再会できたと考えられます。ただ、そこには、姿こそ現しませんが、須磨で光源氏を救った故桐壺院の霊のように、**玉鬘を導く亡き夕顔の存在**も強く感じられます。

STORY

二十三 初音（はつね）

新春の六条院

今日はこちらに泊まります

ものがたり▼ **光源氏**三十六歳の年の正月、女性たちのためにしつらえられた六条院はうららかな新春を迎えます。とくに**紫の上**の春の町の様子は、この世の極楽と思えるものでした。朝のうちは年賀の人びとがやってきて騒がしかったため、夕方から六条院の女性たちを訪れることにした光源氏は、念入りに衣装を整え、紫の上に祝いのことばを述べて歌を詠み交わします。

明石の姫君のもとに行くと、実母の**明石の君**から多くの贈り物が届いていました。光源氏は、姫君と会うことができない明石の君のつらさを思い、姫君に返事を書かせます。夏の町では**花散里**の上品な暮らしぶりが感じられます。もう床を共にすることはありませんが、昔と変わらぬふたりの間柄です。その西の対に出向き、**玉鬘**とことばを交わした後、夕方になって明石の君のもとを訪れた光源氏は、こちらに泊まります。翌朝、まだ暗いうちに帰った光源氏は紫の上のご機嫌をとるのでした。

忙しい時を過ごした後、光源氏は二条東院の**末摘花**や**空蟬**を訪れます。男踏歌（おとこどうか）の折には、見物のため春の町に来た玉鬘が明石の姫君や紫の上と挨拶を交わします。

◉六条院を巡り歩いて秩序を管理する光源氏

四季の町それぞれにふさわしい女性を配した六条院は、光源氏の理想をかたちにした邸宅であるといえますが、建物をつくればそれで完成というわけではありません。光源氏はそれに秩序を与え、管理していかなければならないのです。

「玉鬘」巻の終わりには、正月の衣装を整えて、とくに六条院の女性たちに与える光源氏の姿が描かれています。年末に正月用の晴れ着を贈ることは「衣配り（きぬくばり）」と呼ばれ、衣に籠もる魂を分け与える儀礼がもとにあるとされますが、それぞれの女性に似合うものが選ばれているとはいえ、衣を贈られた女性たちは、それを身につけなくてはなりません。つまり、六条院の女性たちは、光源氏の美意識に自分自身を合わせて生きていかなければならないのです。

この「初音」巻で、光源氏は六条院の女性たちを巡っていきますが、そこには四季を治める王者の姿も示されています。そして、その光源氏を、女性たちは光源氏が贈った衣を着て迎えるのです。**六条院は、光源氏の美意識によって徹底的に管理されたみやびの邸宅**といえるでしょう。

◉明石の君はしたたかな女性だった!?

六条院の女性たちを巡ってきた光源氏は、最後に明石の君のもとにやってきます。しかし、そこにはよい香りがするばかりで、明石の君の姿はありませんでした。明石の君がそっと進み出てくるのは、光源氏が部屋のなかをひとしきり見回したあとのことです。

光源氏はこのまま元旦から明石の君のもとに泊まることになりますが、そこには明石の君の演出があったという説があります。つまり、光源氏の訪問を予期していた明石の君は、意識的に姿を隠していて、部屋に置いたさまざまなアイテムによって光源氏の心をひきつけたというわけです。たしかに、姿がないとその姿を求めようとしますし、焚かれた香の印象も強く残ります。また、そこにあった琴(きん)の琴(こと)は光源氏が明石を離れるときに形見として渡したものですし、散らかしてあった手習(てならい)のなかにある「岡辺(おかべ)」の文字は明石の地でふたりが逢った場所を思い出させます。しかし、明石の君は、はたしてそのような計算高いしたたかな女性なのでしょうか?

明石の君が姿を現したとき、光源氏はそのへりくだった様子をとても好ましいとし、

やはり他の女性たちとは違うと感じます。光源氏の贈った正月用の白い装束を着こなした明石の君は、**六条院における自身の立場を最も理解していた**女性であり、姫君と会うことができない境遇も受け入れて耐え続けています。

衣配りの折にも紫の上は光源氏が明石の君のために選んだ衣装を見ておもしろくなく思っていますが、**身のほどを思い知り身を律して暮らす明石の君は、それによって他の女性とは異なる魅力をたたえるような存在になっていく**のではないでしょうか。

◉おめでたい「初音」にも、母親の悲しみがこもっている

「初音」巻では、歯固（はがため）や小松引きなどの長寿を祝う儀式のほか、臨時客（りんじきゃく）や男踏歌（おとことうか）といった年中行事も描かれ、華やかな正月の様子が語られます。そのこともあって、後世、徳川家の婚礼の調度の意匠として使われるなど、〝おめでたい巻〟としてとらえられていきます。しかし、この巻名は、明石の君が姫君に贈る歌のなかにある「鶯の初音聞かせよ（姫君の新年の便りをお待ちしています）」の「初音」によるもので、別れて暮らさねばならない母親の悲しみがこもることばです。華やかなもののなかの影の部分が、この物語の世界をより深いものにしています。

二十四 胡蝶

玉鬘への求婚者たち

わたしを疎まないでおくれ

ものがたり▼ 同じ**光源氏**三十六歳の年の三月下旬、春爛漫の春の町で船楽が催され、六条院に退下していた**秋好中宮**の女房たちを舟に乗せて、秋の町から招くことになりました。春の町の池には竜頭鷁首の舟が漕ぎまわり、この世のものとは思えない様子でした。**内大臣**の子息である**柏木**や光源氏の弟である**蛍兵部卿宮**など、参列したものたちのなかには**玉鬘**に心寄せる貴公子も多くいました。

翌日は、秋好中宮の季の御読経（春秋に行う法会）の初日ということで、人びとはみな秋の町の方に移動しました。**紫の上**から春を讃える歌などが中宮に贈られ、前日春の町を訪れた中宮の女房たちも見事だった春の景色を賛嘆します。

四月の更衣のころ、光源氏は、日増しに多くなる玉鬘への恋文を見ては、求婚者たちを批評しますが、紫の上は、光源氏の胸の内に生じた親らしからぬ恋心を察し、皮肉をいいます。心ひかれるままにたびたび玉鬘のもとに出かける光源氏は、ある雨上がりの夕方、夕顔を思い出して、ついに恋情を口にしながら、その手をとります。が、恋に不慣れな玉鬘はただ疎ましく、みずからの身の上を情けなく思うのでした。

◉池の遊びに示される光源氏の威勢

「初音」巻で「生ける仏の御国（みくに）（この世の極楽）」と呼ばれた六条院の春の町で、光源氏は、竜頭鷁首（りょうとうげきしゅ）の舟を作らせて船楽（ふながく）を催します。竜頭鷁首の舟とは、竜の頭と鷁（空想上の鳥）の首の彫り物をそれぞれ船首に飾りつけた二艘の舟のことで、二艘一対で宮廷や寺社の行事の船楽などにおいて用いられました。その様子を見た秋好中宮の女房たちは「まことの知らぬ国に来たらむ心地（実際の外国にでも来ているような気持ち）」がしたと語られます。**光源氏は、この世のものならぬ竜や鷁を池のうえで音楽に合わせて舞わせ、不老不死の世界である仙境を現出させた**のです。

貴族たちが住んでいた寝殿造りでは、南側に広大な庭園が造営され、そこに池が作られました。古代における庭は、神を迎えて儀礼を行う神聖な場所であり、池は神霊が宿るところと考えられました。王者たちが庭園に自身の権威を見せようとする一方、権力者たちのなかには庭園に浄土を見ようとするものも現れてきますが、どちらにしても広大な庭園や池は、そこに住む者の強大な威勢を示すものでした。

源氏物語では桐壺帝の朱雀院行幸（「紅葉賀」巻）や冷泉帝の朱雀院行幸（「少女」

巻）などで船楽が見られますが、光源氏は竜頭鷁首の舟を新造させ、六条院という自身の邸宅で船楽を催します。そこには**帝や院とも肩を並べる光源氏の威勢**を見ることができます。

◉ついに春秋優劣論に決着がつく！

古来、日本では四季のうちで春と秋とが美しい季節として重んじられてきましたが、その春と秋といずれが優れているかという論争を春秋優劣論といいます。古事記には、春山之霞壮夫（はるやまのかすみおとこ）と秋山之下氷壮夫（あきやまのしたひおとこ）の求婚譚が載せられており、万葉集には、天智天皇が「春山万花（しゅんざんばんか）の艶（えん）」と「秋山千葉（しゅうざんせんよう）の彩（いろ）」のどちらに情趣があるかとの問いに対して、額田王（ぬかたのおおきみ）が「秋山そ我（あれ）は」と判じた長歌が見られますが、**源氏物語では紫の上と秋好中宮との間で春秋の優劣が争われる**ことになります。

これまでも、「薄雲」巻では、母六条御息所の亡くなった季節である秋を重んじる態度を示した秋好中宮に対して紫の上が春に心寄せていることが語られ、「少女」巻では秋好中宮から紫の上に紅葉につけた手紙が届けられていました。この「胡蝶」巻で紫の上から中宮に贈られる花と手紙はその返事であり、中宮の女房たちのことばと

して春が称賛されることによって、論争に決着がつくのです。
この春秋優劣論は、四季の町からなる六条院において、紫の上と秋好中宮とが並び立つ女性であることを示しつつ、最後に春に軍配をあげることによって、紫の上の比類ない立場を明らかにするのです。

◉なんと光源氏も求婚者に!?

玉鬘を六条院に迎えたとき、光源氏は紫の上にむかって、「蛍兵部卿宮(ほたるひょうぶきょうのみや)などの恋の風情を知る者たちに恋をさせ、その様子を見てやろう」と口にしていました。ですから、その**蛍兵部卿宮はもちろん、実の姉とも知らずに柏木までもが玉鬘に恋心を抱いて手紙を送ってくるようになった**のは、思惑どおりのことでした。

竹取物語のかぐや姫のように、ひとりの女性に対して多くの男性たちが結婚を申し込んでくる話を求婚譚といいます。結婚できるのはひとりだけですから、玉鬘が誰と結婚することになるのかというのが読者の興味をひくところになりますが、ここで養父である光源氏もついに恋情をこらえきれなくなってしまいます。いわばレフリーが試合に参加するような状況に、この求婚譚のゆくえは混迷を極めます。

二十五 蛍（ほたる）

蛍火による演出

恋の火は消すことができません

ものがたり▼ この年三十六歳の**光源氏**の思わぬ恋情の告白に、**玉鬘**（たまかずら）は胸がつぶれる思いを抱きつつ、気づかぬふりでやり過ごします。求婚者のなかでは**蛍兵部卿宮**（ほたるひょうぶきょうのみや）がとくに熱心です。光源氏の恋心を疎ましく思う玉鬘は、この宮に心をときめかせもします。

同じ年のある五月雨の宵、やってきた蛍兵部卿宮に、光源氏は玉鬘の姿を見せようと、集めておいた蛍を放ちます。蛍の光によってほのかに浮かびあがった玉鬘の姿は、案の定、宮の心をとらえました。

五月五日の端午の節句には**花散里**の夏の町で競馬（くらべうま）が行われます。その夜、光源氏は**花散里**のもとに泊まります。しかし、ふたりはすでに共寝をすることもない仲でした。

長雨の所在なさに、六条院の女性たちは絵や物語によって心を慰め、なかでも玉鬘は物語に興味をおぼえて読んでいました。そんな玉鬘に光源氏は、物語の本質を語りながら、恋情を訴えます。

一方、玉鬘が実の子であることをまだ知らない**内大臣**は、自分の子が他人の養女になっているという夢占いを聞いて不審に思うのでした。

◉「蛍火で女性を見る」という趣向の出典は？

蛍兵部卿宮は、光源氏によって放たれた蛍の光で玉鬘の姿を見ることになりますが、この「蛍火で女性の姿を見る」という趣向は、源氏物語以前にも見られるものです。うつほ物語「内侍のかみ」巻では朱雀帝が俊蔭の娘の姿を見るために蛍を用いていますし、伊勢物語三十九段では源至という人物が、女性が乗る牛車に蛍を入れています。源至は「天の下の色好み」とされる人物ですので、**「蛍火で女性を見る」という趣向は、恋の情趣を知るもののふるまいであった**と考えられますが、実は、これは、学問に励んで成功を得ることをいう「蛍雪の功」の元になった話をふまえたものです。

家が貧しく、油を手に入れることができなかった孫康と車胤という人物が、それぞれ雪明かりや蛍火を用いて書物を読み、苦学によって立身出世を果たしたという話は、中国の晋代の正史である晋書に載るものですが、蒙求という初学者向けの書物によって広く知られるようになり、平安朝でもとくに漢学を学ぶ苦学生たちに好まれていました。その「蛍火で書物を見る」から発想を得たのが「蛍火で女性を見る」というふるまいだったというわけです。

◉放たれた蛍にこもる光源氏の愛執

「春はあけぼの」で始まる枕草子の初段で、夏の夜の蛍が「をかし」とされているように、蛍は平安時代も風情のあるものととらえられていました。しかし、平安時代より前の時代では蛍は好まれていなかったようで、文学作品にはほとんど登場せず、かろうじて万葉集で枕詞として詠まれる例と、日本書紀の神代巻で神の形容に用いられている例などが見つかる程度です。しかも、その神は「邪神」と記されていますから、蛍は、好まれていないというよりも、むしろ畏怖の対象であったようです。おそらく暗闇に揺らめく蛍の光を、人魂のように感じて、恐れたのでしょう。それが、**平安時代に入って「蛍雪の功」の話などの漢文の知識が浸透することによって風情あるものとされていった**のです。

ただし、平安時代にも蛍を畏怖する感覚は残っていきます。後拾遺和歌集に載る「もの思へば沢の蛍もわが身よりあくがれ出づる魂かとぞ見る（物思いにふけると沢に飛ぶ蛍も私の身から離れ出る魂かと見ることよ）」という和歌で、和泉式部は蛍を魂と見ています。現代の小説や映画などでも蛍を人の魂として描くものが見られます

が、そうした感覚は遥か古代から受け継がれてきたものなのです。

光源氏によって放たれた蛍は、玉鬘の身にまとわりつきながら蛍兵部卿宮にその姿を見せます。この蛍は光源氏の情念の結晶、もっといえば光源氏の魂そのものなのではないでしょうか？　光源氏は、蛍となって玉鬘と戯れる姿を宮に見せている。そのように考えたくなるほど、光源氏の玉鬘への愛執は鬱屈しているのです。

◉光源氏による熱い物語論

物語に熱中する玉鬘に、光源氏は独自の物語論を展開します。物語にはでまかせが多いといいながら、物語は神代から世の中で起こったことを書き残したもので、政治にも役に立つものだとも語ります。一見矛盾するようにも思えますが、虚構だからこそ人間の真実を描くことができるという物語の本質を語っているものと理解できます。とくに「日本紀などはただかたそばぞかし（日本書紀をはじめとした歴史書に書いてあるのは真実のほんの一面なのだよ）」ということばには、**物語に対する熱意のようなものも感じられ、光源氏の物語観をうかがうことができます。**物語の中で語られる物語論ということで、作者の物語観の反映など、さまざまな議論があるところです。

STORY

二十六 常夏（とこなつ）

近江の君の登場

家の恥です

ものがたり▼ 同じ三十六歳の年の夏、**光源氏**は、涼んでいた釣殿（つりどの）に集まってきた**内大臣**の子息たちを前にして、内大臣に引き取られたという落胤（らくいん）（**近江の君**（おうみのきみ））の噂を話題にしながら皮肉をいいます。光源氏は、**夕霧**と**雲居雁**（くもいのかり）とが引き裂かれたことをおもしろくなく思っていたのです。黄昏時にやってきた光源氏の口ぶりから、内大臣との間柄を察した**玉鬘**は実父との対面がいつになることかと不安になります。そんな玉鬘に対して光源氏は和琴を教えつつ、「いずれ内大臣の和琴を聞く日も来ることでしょう」などと語りますが、募る恋心を自制しかねて、玉鬘の扱いに思い悩むのでした。

玉鬘の評判を耳にして不機嫌な内大臣は、雲居雁のことについても、光源氏や夕霧が折れてこないのが不満です。内大臣は、近江の君の処遇にも苦慮して、**弘徽殿女御**（こきでんのにょうご）のもとに出仕させることにしますが、双六（すごろく）に熱中して早口でまくしたてるような姫君らしからぬふるまいに困りはてます。弘徽殿女御にあてて書いた近江の君の手紙には、珍妙な歌が記されており、女御も苦笑するほかはありませんでしたが、侍女による返事に込められた皮肉に、教養のない近江の君は気づくこともないのでした。

◉さりげない納涼の場面にも描き込まれる光源氏の威勢

「常夏（とこなつ）」巻の冒頭では、光源氏たちの避暑の様子が描かれています。炎暑を避けて東の釣殿に出て涼んでいた光源氏のもとに、夕霧のほか、内大臣の子息たちが集まってきて、「西川」から献上された鮎などをほおばり、お酒や氷水（ひみず）を飲みながら、水飯を食べていることなどが書かれています。源氏物語にはあまり人びとが飲食する様子は描かれませんので、珍しい場面のひとつです。

釣殿は、池に突き出したかたちで建てられたもので、もとは祭祀にかかわる施設だったようですが、風も吹き抜け、避暑には適していたのでしょう。そこで人びとは「西川」からの鮎を食しています。「西川」とは桂川のことで、帝に献上するために一般の捕獲が禁止された川でした。鮎は古来、鵜飼によって供物として帝に献上される魚であり、霊力を持つ特別な魚と考えられ、また、氷も、元来は朝廷が氷室で管理していたものです。つまり、この時、光源氏たちが飲食していたのは、貴族でも容易（たやす）く口にすることができないぜいたくな品々です。**さりげない納涼の場面にも、光源氏の威勢が綿密に描き込まれている**のです。

◉内大臣の焦りが近江の君を招き入れた

近江の君のことを光源氏に問われた弁の少将（内大臣の次男）は、「家損なるわざ（家の恥）」にもなりそうだと答えていますが、内大臣が近江の君を迎え入れてしまった背景には光源氏との后候補争いがあります。そもそも娘の多い内大臣の方が光源氏より圧倒的に有利だったはずですが、弘徽殿女御は冷泉帝の中宮争いで秋好中宮に敗れ、雲居雁の東宮入内も夕霧と雲居雁が恋仲となったことで断念せざるを得ませんでした。そこで内大臣が考えた次の后候補が夕顔との娘である玉鬘だったわけですが、探し出すことができず、そこに近江の君が内大臣の娘として名乗り出てきたのです。

「少女」巻では「この家にさる筋の人出でものしたまはでやむやうあらじ（この家から后になるような方がお出にならないでおわるはずはない）」という故左大臣の思いが語られていました。**内大臣家から中宮を出すことは、家の悲願であり、家の浮沈を懸けた闘い**でもありました。その闘いで光源氏に負け続けた内大臣は、焦ったあげく、近江の君という〝とんでもない姫君〟を家のなかに招き入れてしまったわけです。

◉平安時代的なものをも問い直す近江の君

近江の君は、源氏物語に登場する姫君たちのなかでもひときわ異彩を放っています。母は近江守あたりの娘とも推測されますが、内大臣というこのうえない身分の貴族の娘でありながら、早口でしゃべり、慎みのない態度で、注意する人びとの意見も受け入れず、珍妙な歌をつくっては周囲をあきれさせます。しかし、痛快なほど貴族社会のルールを無視したそのふるまいは、**体面ばかりを気にする貴族社会の不合理さを告発する**ものだともいえます。近江の君を笑う者たちは、逆に、すぐさま笑われる位置に引きずり落とされかねない危険な磁場のなかに取り込まれているのです。

近江の君が弘徽殿女御に贈った歌は「ひたちの浦」(常陸)、「いかが崎」(河内)、「たごの浦」(駿河)といった地名を読み込んだものであり、まるで呪文のようなものでした。地名には、国魂(くにたま)と呼ばれる、その土地の霊力がこもっています。それをひとつの歌に詠み込む近江の君は、本来であればとても呪力を持った女性だといえます。平安時代的なるものを問い直すトリックスターのような近江の君を誰が笑えるでしょうか? 近江の君の笑いの矛先は、物語を読む者にも向けられているのかもしれません。

STORY

二十七 篝火（かかりび）

篝火にゆれる恋心

人があやしみます

ものがたり▼ 貴族の娘らしくない**近江の君**の噂は世間に知れ渡るようになります。**光源氏**は**内大臣**の思いやりのない対応を非難し、噂を耳にした**玉鬘**は自身の身の上を思って光源氏に感謝し、しだいに打ち解けるようになります。

同じ三十六歳の年の初秋、光源氏はたびたび玉鬘のもとを訪れ、和琴を教えます。秋風の吹くころ、光源氏は和琴を枕として、玉鬘と共に添い臥しますが、それ以上のふるまいには及びません。人目を気にして篝火を明るく点（とも）させますが、その光によって照らし出された玉鬘の姿は美しく、立ち去りがたい光源氏は、篝火に託した歌によって、自身の執心を訴えずにはいられませんでした。

玉鬘が困惑したため、帰ろうとした光源氏でしたが、ちょうどその折、東の対から**夕霧**と内大臣の長男である**柏木**の楽器の音が聞こえてきました。光源氏は、使いをやって柏木たちを招き、演奏をさせます。兄弟たちの演奏に感慨もひとしおの玉鬘ですが、実の姉だとも知らずに玉鬘に思いを寄せる柏木は、緊張しながら和琴を弾くのでした。

◉負けすぎた内大臣の判断が内大臣家を傷つけていく

近江の君が内大臣家に迎えられたことを、光源氏は噂によって知りますが、どうしてそのことが噂となっていたのでしょうか？　「蛍」巻で、内大臣は夕顔との娘（玉鬘）を念頭に置きながら、子息たちに「もし娘として名乗り出てくるものがあれば心留めよ」との指示を下していましたから、**近江の君が現れたとき、内大臣が大騒ぎをし、それによって噂となった**のではないでしょうか。内大臣は、できれば名乗り出た娘を后候補にしたかったわけですから、その存在をいち早く世間に知らせるために、当初は積極的に噂になるようにしたとも考えられます。

しかし、その近江の君は、内大臣の見込みとは違い、とんでもない姫君でした。内大臣の軽率な判断が内大臣自身ばかりか、内大臣家をも傷つけることになったのです。それでも近江の君を自分の手元に置いて面倒を見ることもできましたが、口惜しく思う内大臣は、近江の君をいっそ笑いものにしてしまおうと考え、弘徽殿女御に出仕させ、近江の君の噂を世間にさらに拡散させてしまったのです。

光源氏は、こうした内大臣を、何事にもけじめをつけすぎる人物だとして批判します。光源氏からすれば度量が狭い人物だということになりますが、内大臣にはもう余裕がなかったのかもしれません。内大臣は負けすぎたのです。

◉光源氏と玉鬘が恋仲になることはあり得ない!?

光源氏と玉鬘は、和琴を枕としてともに寄り臥しながら、一線を越えることはありません。それどころか光源氏は玉鬘のもとで夜を過ごすことも避けて、帰っていこうとします。光源氏が人目を気にしたのは、**女房たちの前では、光源氏と玉鬘はあくまで親子ということになっているため**でした。しかし、そうした人目がなくても、ふたりが結ばれることは難しいことだったのです。

もちろん、紫の上や内大臣とのことなどもありますが、それらのことよりも玉鬘が夕顔の娘であるということが大きな障害でした。光源氏は、六条御息所の娘である秋好中宮に心ひかれながらもついに恋人とはなりませんでした。源氏物語では、恋人関係にあった女性の娘と恋仲になることは避けるべきタブーとなっているといわれています。光源氏が玉鬘と結ばれるためにはこのタブーを犯さねばなりません。「かかるたぐひあらむや（こうした間柄は他にあろうか）」と嘆きながらも、光源氏自身、こ

の恋の成り立ちがたさを感じていたのかもしれません。ただ、厄介なのは、それでも玉鬘を諦めきれなかったことです。

六条院という閉ざされた空間において、満たされることない光源氏の愛執の炎は、出口も探し出せず、くすぶり続けるのでした。

◉柏木は実らぬ恋ばかりに身を焦がす

この巻では、もうひとり、結ばれない運命にありながら、恋に身を焦がしている人物が登場しています。内大臣の長男である柏木です。柏木は、「胡蝶」巻で玉鬘に贈った歌のことばから「岩漏る中将」とも呼ばれますが、**玉鬘は柏木にとって腹違いの姉**ということになりますから、この恋も**けっして実らない恋**なのです。

柏木は、後の「若菜上」巻になると、今度は、女三の宮という方の求婚者のひとりとなりますが、その思いも叶えられません。それでも諦めきれない**柏木は女三の宮と密通し、破滅の道へと進んでいきます**。柏木は、実らぬ恋にばかり身を焦がす人物として描かれますが、この「篝火」巻で光源氏の前で緊張しながら和琴を弾く柏木は、後の悲劇を想像さえしていなかったでしょう。

STORY

二十八 野分（のわき）

夕霧の垣間見

まるで樺桜のような人だ

ものがたり▼ 同じ**光源氏**三十六歳の年の八月、六条院を野分（強風）が襲います。**秋好中宮**の秋の町の風情は例年よりすばらしいものでしたが、格子を下ろして備えるほどでした。強い風が春の町でも吹き、見舞いに訪れた**夕霧**は、**紫の上**を垣間見ます。樺桜（かばざくら）が咲き乱れているような美しいその姿は夕霧の胸深くに刻み込まれます。

翌朝、紫の上とともに朝を迎えた光源氏は、祖母である**大宮**のもとから六条院にやってきた夕霧を使いとして秋好中宮を見舞いますが、帰ってきた夕霧の物思いにふける様子に、紫の上が垣間見されたことを察するのでした。

光源氏は、夕霧を伴って、秋好中宮を見舞い、**明石の君**のもとに立ち寄った後、**玉鬘**を訪れます。かねて玉鬘の容貌を見てみたいと思っていた夕霧でしたが、光源氏と玉鬘との親子とも思えない様子に不審を抱きます。光源氏が**花散里**を見舞って帰った後、夕霧は**明石の姫君**を訪れ、そこから恋する**雲居雁**への手紙を送るのでした。

夕霧が大宮のもとを訪れると、**内大臣**も見舞いに来ていました。雲居雁に会えないことを嘆く大宮を前にして、内大臣は**近江の君**のことをこぼすのでした。

◉野分は、霊物のうごめきを予感させる!?

野分は、野の草を分けて吹く風のことで、現在の台風のような激しい風をさします。そもそも**風は、神霊の力を感じさせるもの**であり、源氏物語でも、「明石」巻で、住吉神の化身と思われるものの教えのままに舟を用意していた明石入道を須磨の光源氏のもとに運んできたのは「あやしき風（不思議な風）」でしたし、光源氏を乗せたときにも「例の風」が吹いて舟を明石へと導きます。

この「野分」巻では「八月は故前坊の御忌月（きづき）なれば」と語られ、「故前坊（秋好中宮の亡き父で、故前皇太子）」の存在がクローズアップされています。故前坊は、皇太子を廃されるような事件に巻き込まれたのではないかとする廃太子説もある人物ですが、その妻の六条御息所は、実際にもののけとなって葵の上を取り殺す人物として描かれます。この六条院の秋の町は、六条御息所の旧邸の跡地に建てられており、秋好中宮を据えたのは、六条御息所の鎮魂のためとの説もあります。六条御息所の死霊は後の巻で紫の上や女三の宮にまで取り憑くことになりますが、**六条院を吹き荒らす野分はそうした霊物のうごめきを予感させる**のです。

◉六条院の秩序をゆるがしかねない夕霧の視線

夕霧は、野分に突き動かされ、自身が野分になったかのように、六条院に分け入り、その視線によって六条院の内部を露わにしていきます。**光源氏の息子である夕霧は、恋の当事者となることはなく、あくまでも光源氏と六条院の女性たちを見つめる「視点人物」の役割**に徹していますが、その視線は、六条院の秩序をゆるがしかねないものとなっています。

なかでも、**夕霧による紫の上の垣間見**は、重い意味を持ちます。これまで光源氏は注意深く、紫の上を夕霧から遠ざけてきました。義母である藤壺と密通を犯している光源氏は、夕霧が同じ轍（てつ）を踏まないように細心の注意を払ってきたのですが、夕霧は、野分に乗じて光源氏が守ってきたその垣根を踏みこえてしまうのです。紫の上を垣間見た夕霧は、紫の上に対する思慕に取り憑かれ、物思いにふけるようになります。もしかしたら夕霧と紫の上との密通が起こるかもしれない。このシーンは、そのような可能性をもほのめかしているのです。

結果的には、**夕霧と紫の上との密通は避けられ、後に、それにかわるようにして、**

柏木と女三の宮との密通が起こります。栄えのうちに滅びが孕まれるように、忌むべき霊物の気配とともに、ざわざわとした不吉な予感がうごめいているのが、「野分」という巻なのです。

◉桜の比喩にこめられた危うい恋心

紫の上を垣間見た夕霧は、「春の曙の霞の間より、おもしろき樺桜の咲き乱れたるを見る心地（春の曙の霞の間から、美しい樺桜が咲き乱れているのを見るような気持ち）」がしたといいます。夕霧は、春の風情のただなかの樺桜のような圧倒的な美しさを紫の上に見ます。しかし、梶井基次郎が小説『桜の樹の下には』で「桜の樹の下には屍体が埋まっている！」と書いたように、桜はたんに美しいばかりではなく、何かまがまがしいものを想起させるもののようです。

後に女三の宮と密通を犯す柏木が宮を垣間見るのも桜が舞い散る折でしたし、柏木は女三の宮を「桜」に喩えます。源氏物語のなかの桜は、美しさとともに、狂気や破滅といったイメージを呼び起こすものとして描かれています。夕霧による「樺桜」という比喩にも、危うい恋心がこめられているのかもしれません。

STORY

二十九 行幸（みゆき）

冷泉帝の大原野行幸

あの人、ちょっと苦手かも

ものがたり▼ 同じ**光源氏**三十六歳の年の十二月、**冷泉帝**の大原野行幸（おおはらのぎょうこう）が行われました。見物に出かけた**玉鬘**は、多くの身分の高い男性たちの姿を見るにつけ、冷泉帝の端然とした容貌に及ぶ者はいないと感じます。実父の**内大臣**も帝とは比較になりませんし、光源氏よりも心なしか威厳があるようです。**蛍兵部卿宮**（ほたるひょうぶきょうのみや）や**鬚黒**（ひげくろ）の姿もありましたが、とくに鬚黒の色黒で鬚がちな容貌に玉鬘は嫌悪感を覚えるのでした。

玉鬘を尚侍（ないしのかみ）として冷泉帝に出仕させようと考える光源氏は、玉鬘の裳着（もぎ）を行って、その機会に内大臣に事実を打ち明けようと腰結役（こしゆい）を依頼しますが、内大臣は**大宮**の病気を口実に断ってきます。大宮を見舞い、玉鬘のことを打ち明けつつ、内大臣との仲介を依頼した光源氏は、大宮の招きでやってきた内大臣と久しぶりの対面を果たします。玉鬘が自分の娘であることを知った内大臣は、裳着の腰結役を承諾します。

翌年の二月、二十三歳の玉鬘の裳着が盛大に行われました。玉鬘が実の姉であることを知った**柏木**たちは複雑な思いです。また、このことを聞いた**近江の君**は玉鬘をうらやみ、恨み言を口にして、周囲の失笑を買うのでした。

◉帝の雄々しい姿を人びとに見せるための「野行幸」

帝が狩りのために野に出かけることを「野行幸（のぎょうこう）」といいます。狩りといえば、猛々しいものというイメージがありますので、意外な感じを受けますが、とくに平安朝初期の桓武天皇から仁明天皇までは頻繁に行われ、途中、殺生（せっしょう）を厭（いと）うなどの理由から断絶したものの、光孝天皇の時代には復活を遂げ、醍醐天皇の時代まではたびたび行われていました。それ以降は、雄々しさを好まない天皇たちの気質もあって、あまり見られなくなりますが、帝による狩りはそれほど珍しいことではなかったのです。

野に現れる鳥や獣は神々の使いと考えられましたから、それを捕らえることは、神々の力をわがものとすることでした。また、ふだん内裏のなかにあって姿を見せることがない帝が、狩りをする雄々しい姿を人びとに見せることで、支配者としてのあり方を広く示せます。野行幸が、平安朝の初期や、天皇の血統が転換する時期といった、天皇の正統性がゆらぐ折に頻繁に行われるのは、**みずからの神聖性や正統性を示す必要があったため**なのです。

◉冷泉帝の野行幸を仕組んだのは光源氏!?

古来、この冷泉帝の大原野行幸は、延長六年（九二八）十二月五日に行われた醍醐天皇の大原野行幸に基づいて描かれていると考えられてきました。醍醐天皇の御代は聖代とされましたが、ここではそれが冷泉帝の御代に重ね合わされているのです。

光源氏の子である冷泉帝は、帝になるべき資格に欠けています。だからこそ、**冷泉帝は堂々とした姿を人びとに見せ、自身の正統性を示さねばならなかった**のでした。もちろん、それを仕組んだのは光源氏以外には考えられません。この野行幸には多くの貴族が参加し、光源氏も参加の意向を示していましたが、当日、光源氏自身は物忌みのため参加をとりやめました。物忌みというのは、もちろん、口実です。光源氏が参加すれば、冷泉帝は霞んでしまいます。光源氏はそれを避けたのでしょう。

ただ、光源氏にはもうひとつの目的がありました。それは玉鬘に冷泉帝の姿を見せることでした。尚侍として冷泉帝に出仕することを勧めていた光源氏は、玉鬘に冷泉帝の姿を見せることによって、その気にさせようとしたのです。案の定、玉鬘は冷泉帝の容貌を比類のないものとして感じることになります。

◉二十三歳でようやく成人となる玉鬘

裳着（もぎ）は、成人した女性が初めて裳（女房の装束で、腰から下にまとった衣装）を着ける儀式です。着裳（ちゃくも）ともいい、現在の成人式にあたるものですが、髪を上げることから、髪上げとも呼ばれます。玉鬘を宮仕えさせようともくろむ光源氏は、その前に裳着を行い、裳の紐を結ぶ腰結役（こしゆいやく）を内大臣に依頼することを口実にして、事実を打ち明けようと考えたのです。裳着は配偶者が決まった後に行うのが一般的でしたので、**光源氏は、裳着という儀礼をひとつの契機として、自身のどうしようもない愛執を含め、玉鬘をめぐる状況を変えようとした**のでしょう。

裳着の年齢は、おおむね十二歳から十四歳ごろとされますが、源氏物語では、明石の姫君の十一歳、女三の宮の十三、四歳、紫の上の十四歳という例が見える一方、夕霧の六の君の二十二、三歳という例も確認できます。玉鬘は、二十三歳での裳着ですから、遅い方だということができます。都から離れた場所で成長したことも影響しているのでしょうが、この年齢まで裳着が行われなかったことは、どこにも帰属していなかったさすらいの姫君である玉鬘のあやふやな立場を示してもいるのです。

三十 藤袴（ふじばかま）

求婚者たちの焦燥

あなたのことは忘れません

ものがたり▼ **光源氏**三十七歳の年の八月、**玉鬘**は、尚侍（ないしのかみ）として入内（じゅだい）した後、**秋好中宮**（あきこのむちゅうぐう）や**弘徽殿女御**（こきでんのにょうご）と帝の愛情を競い合って疎まれることをおそれ、悩みます。**内大臣**は自分を引き取ってくれるわけでもなく、光源氏の態度はいっそう馴れ馴れしくなってきましたが、玉鬘には相談できる相手もいないのでした。

そこへ光源氏の使者として、**冷泉帝**の意向を伝えるために、**夕霧**が訪れます。三月に**大宮**を亡くして喪服を着ていた夕霧は、やはり喪に服している玉鬘に、蘭（藤袴）の花に託して胸中を訴えますが、玉鬘は奥に入ってしまいます。玉鬘の返事を伝えながら、噂話を話題にして父の本心を探ろうとする夕霧のことばに、光源氏は追いつめられた心持ちになるのでした。

玉鬘の入内が十月に決まり、求婚者たちは焦ります。**鬚黒**も、**柏木**や内大臣にも働きかけて熱心に求婚し、内大臣も婿として不足はないと感じています。

九月になって、玉鬘のもとには求婚者からの手紙が多く寄せられますが、玉鬘は**蛍兵部卿宮**にだけ返事を書くのでした。

◉藤原氏の女性から選ばれる尚侍

尚侍(ないしのかみ)は、天皇との取り次ぎや宮中の儀式の管理運営などの役目を負う内侍司(ないしのつかさ)という役所の長官のことで、制度上は女官でしたが、帝の寵愛を受けて女御や更衣に準じる立場に置かれることもあり、有力な家の女性から選ばれました。

源氏物語では、尚侍に就任する代表的な人物として、朧月夜と玉鬘をあげることができますが、ふたりは、それぞれ右大臣、内大臣という藤原氏の娘でした。

実は、「行幸」巻で、冷泉帝が野行幸を行った大原野は、藤原氏にゆかりの深い地でした。大原野にある大原野神社は、長岡京遷都の折に、桓武天皇の皇后で藤原氏出身の乙牟漏(おとむろ)によって奈良の春日大社からの分霊が勧進され、祀られたのをはじまりとします。大原野神社は、平安京において藤原氏の氏神を祀る神社であり、尚侍には、その氏神の祭を取り仕切る役割があったという説があります。尚侍の多くは、藤原氏の氏長者(氏の代表者)の娘や妹から選ばれていますが、氏長者たちは、**自分の娘や妹を尚侍とすることによって藤原氏一族の祭祀権を掌握し、氏長者としての自身の立場を示そうとした**のです。

右大臣も内大臣も藤原氏のなかでその時点において最も勢力を誇っている人物だといえますので、朧月夜と玉鬘の尚侍就任の背景にも、右大臣や内大臣の氏の長者としての政治的な思惑を考えることもできるかもしれません。ただ、朧月夜の場合は光源氏とのことがあって尚侍にせざるを得なかったわけですし、玉鬘の場合は光源氏主導によって話が進んでいきますので、**両者の尚侍就任には、光源氏の存在が深く関わっている**点にも注意を払わなければなりません。

◉光源氏は玉鬘を尚侍にして逢おうとしていた!?

光源氏は玉鬘の尚侍就任を主導していきますが、それはいったいなぜなのでしょうか？　光源氏の真意を探るため、夕霧は、内大臣が周囲に漏らしていた「光源氏は玉鬘を妻妾のひとりとして扱えないから尚侍にしておいて恋人関係を続けようとしている」という憶測を光源氏にぶつけます。尚侍は、制度上はあくまでも女官でしたので、たしかに他に夫や恋人がいても支障はありません。夕霧は、内大臣が「さすがに光源氏という人は賢い知恵者だ」といっていたという皮肉も付け加えつつ、光源氏の反応をうかがったのです。それに対して、光源氏は「まがまがしき筋（耳にするのも忌ま

わしい邪推)」として一笑に付しますが、内心、「よく気がついたことだ」と玉鬘の尚侍就任についての自身の下心を認めざるを得ませんでした。

光源氏の計画は、その真意が内大臣や夕霧に気づかれることによって頓挫(とんざ)しますが、もしそのまま事が運んだ場合、光源氏は、玉鬘を実の息子である冷泉帝に仕えさせたうえで、恋人関係を持つつもりだったのでしょう。光源氏の醜悪ともいえる一面が垣間見えるエピソードです。

◉玉鬘求婚譚の結末は?

玉鬘が内大臣の娘であることが明らかになると、求婚者たちの状況も変わってきます。**これまで求婚者のひとりであった柏木は脱落し、かわって夕霧が求婚者となり、さらに、鬚黒は、実の父である内大臣に攻勢をかけはじめます。**

源氏物語以前の物語では、多くの男性から求婚された竹取物語のかぐや姫は帝の求婚まで断って月に帰り、うつほ物語のあて宮という女性は東宮に入内しました。玉鬘は、「藤袴」巻の巻末で、求婚者たちからの手紙に対して蛍兵部卿宮にだけ「あなたのことは忘れません」との歌を贈りますが、さて、その結末はどうなるのでしょう?

STORY

三十一 真木柱（まきばしら）

玉鬘の結婚

うそでしょ!?

ものがたり▼ 結局、**玉鬘**をわがものとしたのは**鬚黒**でした。**光源氏**は残念に思いつつも、鬚黒を婿として認めます。**内大臣**は無難な結婚と考え、**冷泉帝**は落胆しながらも尚侍（ないしのかみ）としての入内を期待します。玉鬘も鬚黒のことが嫌でなりませんが、鬚黒だけは上機嫌です。玉鬘の入内には後ろ向きでしたが、その機会に玉鬘を六条院から自邸に迎えようと考え、しばらくの間の参内を許し、屋敷を磨きたてます。

鬚黒の北の方は、**式部卿宮**（しきぶきょうのみや）（かつての**兵部卿宮**）の娘で美しい方でしたが、もののけに取り憑かれ正気を失うこともしばしばでした。ある雪の夜、玉鬘のもとへ向かおうとする鬚黒に北の方が火取り（香炉）の灰をかけたことから、鬚黒は北の方に近づかなくなってしまいました。鬚黒の態度に怒った式部卿宮は北の方を引き取ると言い出し、北の方もそれに従い、男君たちや姫君（**真木柱**）を連れて家を出てしまいます。

光源氏三十八歳の年の春、玉鬘は参内し、冷泉帝もその美しさに心ひかれますが、これを心配した鬚黒は強引に退出させてしまいます。

十一月、玉鬘は男の子を生み、以後、参内することはありませんでした。

◉求婚譚に勝利した髭黒という人物

玉鬘求婚譚において勝利したのは、髭黒でした。髭黒は、弁のおもとという侍女の手引きによって、玉鬘に逢うことに成功したのです。夕顔の死後、玉鬘は継母から逃れるかたちでさすらうことになりましたが、そうした継母子譚の視点から見れば、**最終的に玉鬘を救い出したヒーローこそ髭黒だった**ということになります。

しかし、その結末は読者にとっても意外なものだったはずです。「行幸(みゆき)」巻で冷泉帝に心を寄せ、「藤袴(ふじばかま)」巻では蛍兵部卿宮だけに返歌をした玉鬘でしたが、色黒で髭がめだつ髭黒のことは「心づきなし（気にくわない）」と思っていましたし、光源氏も結婚に反対でした。そんな髭黒が勝利したのですから、たいしたミスリードです。

ヒーローにダークホース的な人物を割り当てるあたりは、この物語らしいともいえますが、ただ、髭黒が玉鬘の結婚相手として相応(ふさわ)しい人物ではないかといえば、けっしてそんなことはありません。髭黒は、東宮（後の今上帝）の母である承香殿女御(しょうきょうでんのにょうご)の兄ですから、東宮が帝に即位した後は、政治の実権を握ることが確実です。内大臣が裏でこの結婚を押し進めたのではないかとの説もあるほどで、その意味では、玉鬘にとっては悪いことばかりではない結婚ともいえるでしょう。

◉光源氏は、式部卿宮家にとって宿敵だった!?

髭黒と玉鬘の結婚は、思わぬ波紋を広げていきます。髭黒の北の方は式部卿宮(しきぶきょうのみや)の娘で、紫の上の異母姉にあたりますが、玉鬘のもとに出かける髭黒に灰をかける事件を起こしたことで、真木柱ら子どもたちとともに式部卿宮家に引き取られてしまいます。家庭崩壊ともいえる状況ですが、その余波は光源氏にまで及んでいきます。

そもそも**式部卿宮と光源氏との間には、長い間の因縁がありました**。式部卿宮は紫の上の父親であり、藤壺の兄にあたる方ですから、光源氏にとってはとても近しい身内といえます。ところが、光源氏須磨退去の折、この宮は、光源氏を見限って右大臣方についてしまいます。これは、**光源氏にとっては許すことのできない裏切り行為**でしたから、都帰還以後は、式部卿宮の娘(王女御)の入内にあたって宮の意向を無視するなど、きわめて冷淡に接してきたのです。

一方、**式部卿宮方から見ると、この一連の騒動は、婿の髭黒が光源氏によって奪われた事件のように映ります**。とくに式部卿宮の北の方は、実の娘の不幸を見るにつけ、継子の紫の上が光源氏に大切にされていることが許せず、宮を前にして、光源氏を「昔の仇敵（あたかたき）（前世からの宿敵）」と呼びつつ、積年の恨みをぶちまけます。

この式部卿宮の北の方もまた、継母子譚の視点から見れば、継子である紫の上に意地悪をする継母にあたりますので、物語では悪者扱いされる存在です。けれども、その遠慮のない悪口雑言は、光源氏が栄華を築いていく過程で切り捨てられてきた者たちの存在を語ってもいるのです。

◉柱に家の将来をゆだねて出ていく真木柱の悲しみ

北の方とともに式部卿宮家に引き取られていく折、娘の真木柱は、家の柱に「真木柱」を詠み込んだ歌を書いて差し入れていきます。「真木」は、具体的には檜のことをさしますから、「真木の柱」は檜の柱ということになりますが、それだけではなく、素晴らしい柱をほめることばでもありました。柱は神が依り憑くものとされましたから、**真木柱はその柱に自身の歌を埋め込み、自分の出ていく家の将来を柱に託しているのです。**馴れ親しんだ柱に別れを告げざるを得ない真木柱の悲しみは、父鬚黒の勝手な恋によって払われる犠牲の大きさを物語るものでした。

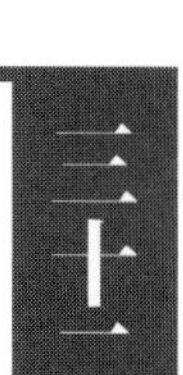

梅枝（うめがえ）

明石の姫君の裳着

何もかも最高のものを

ものがたり▼　三十九歳の年の正月末、**東宮**（後の**今上帝**）への入内を念頭に**明石の姫君**の裳着の準備を進める**光源氏**は、薫物合を思い立って、六条院の女性たちや**朝顔の姫君**に香の調合を依頼しつつ、自分でも熱中していました。二月十日、**蛍兵部卿宮**が訪れてきた折、朝顔の姫君から薫物が届けられたのを契機として、宮を判者に薫物合が行われましたが、いずれもすばらしいもので優劣を定めることはできませんでした。

　その翌日、**秋好中宮**を腰結役として、明石の姫君の裳着の儀式が盛大に行われました。二月二十日過ぎには東宮が元服しましたが、有力な方々の娘の入内を促すために、姫君の入内は四月に延期されます。その間、光源氏は、調度類を整えながら、姫君の手本になるような草子の用意も進め、女性たちの筆跡を批評したりするのでした。

　内大臣は、明石の姫君の入内の準備を耳にするにつけ、中途半端な状態の**雲居雁**のことを思って気持ちが晴れません。一方、**夕霧**がいつまでも独身であることを心配した光源氏はわが子に教訓を与えます。夕霧は雲居雁のことを一途に思っていますが、夕霧の縁談の噂を聞いた内大臣は弱気になり、雲居雁は心乱すのでした。

◉梅の枝を使った朝顔の姫君と光源氏との息の合った演出

朝顔の姫君から光源氏のもとに届いた薫物には、花がほとんど散ってしまった梅の枝がつけてありました。梅の花が満開の季節に、朝顔の姫君は、どうしてわざわざ花の散った枝を贈ってきたのでしょうか？

薫物には「花の香(か)は散りにし枝にとまらねどうつらむ袖にあさくしまめや（花の香りは散ってしまった枝には留まりませんが、たきしめる姫君の袖には深く染みつくことでしょう）」という歌が付けられていました。「散りにし枝」は朝顔の姫君のことをさしていますので、一見すると、年をとって盛りを過ぎた朝顔の姫君自身のことが歌い込まれているようにも見えますが、これは薫物を姫君に献上するための挨拶の歌です。光源氏は、返事を庭先の満開の梅の花に付けて贈ります。このしゃれた演出によって、枯れ木に花が咲くように、花が散った梅が満開になる風情が作り出され、明石の姫君の裳着(もぎ)が祝われることになるのです。

朝顔の姫君は、そうした光源氏の反応を予期して梅の枝を贈ったのでしょう。そして、光源氏は朝顔の姫君の意図に気づいて対応したのです。このエピソードには**梅の**

枝を介したふたりのあうんの呼吸が感じられます。長年、適度な距離をとりながらやりとりを交わし続けてきたふたりだからできることなのです。

◉「梅枝」巻は、玉鬘十帖を越えて「少女」巻の世界を受ける

朝顔の姫君の登場は、「少女(おとめ)」巻以来のこととなりますが、「**梅枝(うめがえ)」巻に語られる物語の世界そのものが、玉鬘十帖を越えて、「少女」巻を受けている**ようです。

「梅枝」巻は、光源氏三十九歳の春のことから語りはじめられます。前の「真木柱」巻が三十八歳の冬のことまで語っていましたので、時間的には両巻は連続しているといえます。しかし、「梅枝」巻の冒頭に登場する光源氏や蛍兵部卿宮は、「真木柱」巻で、あれほどショックを受けていた玉鬘の結婚のことなどはすっかり忘れたかのようにふるまっています。そもそも玉鬘求婚譚など存在しなかったと思われるぐらいです。

こうしたことからも、玉鬘十帖はあとから書かれて差し込まれたのだとする源氏物語の成立過程についての説も出てくるわけですが、やはりこれは、**玉鬘求婚譚にひとつの区切りをつけた物語が、本筋にもどって「少女」巻までに示されていた光源氏の栄華への道をふたたび語り出した**ものと考えてよいでしょう。

ただ、ここに朝顔の姫君があらためて登場してきたことには注意が必要です。朝顔の姫君は、紫の上の妻の座を脅かす存在でした。ふたりのやりとりからしても、今はもうそんな心配は必要ないようにも見えますが、ほんとうにそうなのでしょうか？その答えを知る時は、もう間近に迫ってきているようです。

◉あの「須磨の日記」は明石の姫君に贈られたのか

入内する明石の姫君の持参品を検討する光源氏は、「須磨の日記」を加えようか迷います。光源氏が最も苦しい時期に描かれた絵日記は、「絵合(えあわせ)」巻で行われた絵合において光源氏方を勝利に導きました。それは栄華の基盤にある光源氏の犠牲を象徴するものだったからです。その折のものは藤壺に献上されていますが、光源氏は残された部分を持ち続けていたのです。

絵日記は、同時に、明石の姫君の出自の低さも語るものとなりますので、それを知った姫君がショックを受けることを懸念した光源氏は、持参品に入れることを控えます。しかし、後には姫君に贈られ、一族の栄華の正統性を証し立てるものとして子孫に伝えられていくことになるのでしょう。

STORY

三十三 藤裏葉(ふじのうらば)

光源氏の栄華

これが帝と並ぶ座から見える景色か

ものがたり▼ 同じ**光源氏**三十九歳の年の三月二十日、**夕霧**との和解の機会をうかがう**内大臣**は、故**大宮**の法事の折に夕霧に声をかけ、四月のはじめ、藤の花の宴へ招待します。内大臣にもてなされた夕霧は、ついに許されて**雲居雁**(くもいのかり)と結ばれました。

四月二十日過ぎ、**明石の姫君**が**東宮**(後の**今上帝**(きんじょうてい))に入内します。後見役として参内した**明石の君**は、その折、はじめて**紫の上**と対面します。ふたりは、お互いのことを認め合います。東宮も姫君に心寄せます。満たされた思いの光源氏の心には、以前から考えていた出家のことが浮かんでくるのでした。

秋、光源氏は、准太上天皇(じゅんだじょうてんのう)となります。内大臣は**太政大臣**となり、夕霧は中納言に昇進します。夕霧と雲居雁は、故大宮の三条邸に移って、新しい生活をはじめました。

十月二十日過ぎ、**冷泉帝**が六条院に行幸します。**朱雀院**も加わり、世間も目を見張る盛儀となりました。冷泉帝は、一段低いところにあった光源氏の座を、帝と院と同列に直すよう命じます。光源氏は、桐壺院の御代の朱雀院行幸を思い出しながら、太政大臣と歌を詠み交わすのでした。

◉夕霧と雲居雁の結婚を許す内大臣が演じる茶番劇

夕霧の縁談の噂を聞いて気弱になった内大臣は、ついに夕霧と雲居雁との結婚を許すことにします。考えてみれば、夕霧は望むべくもない婿ですが、内大臣にもプライドがあります。**内大臣は、そのプライドを保ちながら結婚を許すため、藤の花の宴を開き、夕霧を招待した**のです。

この藤の花の宴においては、招かれた夕霧とそれを迎え入れる内大臣とは、客人と主人の関係にあります。客人である夕霧を歓待する内大臣は、酔ったふりをして、自分を父として大切にしてほしいと語った後、和歌を口ずさんで遠回しに結婚承認の意向を漏らします。そして、それを受けた夕霧がやはり酔ったふりをして一夜の宿を頼み、雲居雁の寝所に案内されるのです。つまり、この**ふたりの結婚は、雲居雁を、宴に訪れた客人をもてなす一夜妻（ひとよづま）として差し出すというかたちをとって実現した**わけです。内大臣は、それがしきたりであるからしかたがないというふうを装いながら、ふたりを結婚させたのです。

内大臣は、まさに茶番劇を演じるかのようにふるまっているわけですが、そのように口実をもうけることで、ようやく結婚を許すことができたのでしょう。

◉「准太上天皇」という「御位」は物語が創り出したもの!?

この巻では光源氏に「太上天皇になずらふ御位(くらい)」が与えられることになります。一般的には「准太上天皇」と呼ばれているこの「御位」は、「太上天皇（上皇、位を退いた帝）」に「なずらふ（准ずる）」ということから、上皇と同等の待遇を受ける地位のことをさしますが、歴史上、こうした「御位」は存在しません。ただ、正暦二年（九九一）に一条天皇の母詮子(せんし)が太上天皇に准じた待遇によって女院の宣旨(せんじ)を受けた例がありますので、物語はそうした先例をふまえながらも、**光源氏がのぼりつめる地位として「准太上天皇」という「御位」を創り出した**といえます。

「桐壺」巻で、光源氏は、高麗の相人によって「帝王になるべき相をもっているもののそうなると国が乱れるでしょう、かといって臣下として終わるような相でもありません」と予言されました。帝王でもなく、臣下でもないという謎めいたその予言の答えが、ここに「准太上天皇」という「御位」によって示されたわけです。

◉六条院行幸に語られる栄華の光と影

冷泉帝の六条院行幸には、朱雀院が加わることになりました。このことによって、六条院には、帝、太上天皇、准太上天皇の三人が一堂に会することになります。

冷泉帝にとって、この行幸は、実父のもとに出かける朝覲行幸でした。冷泉帝によって、一段下ったところにあった光源氏の座が帝や院と同列に直されたことには、光源氏への思いが反映されています。光源氏は名実ともに帝や院と肩を並べたのです。**六条院行幸は、光源氏にとって、まさに栄華の頂にのぼりつめた瞬間だった**のです。

ただし、その光源氏の栄華を祝う太政大臣の思いは複雑です。「紅葉賀」巻の朱雀院行幸での青海波の折には立ち並んでいたのにという思いはどうしても消すことができません。また、朱雀院も自身の御代にはこうした盛儀がなかったことを恨めしげに歌います。華やかにかがやく光のもと、その光をまぶしく見あげ、うらやましく思う人びとの存在も、ここには描き込まれているのです。

光源氏の物語は、「藤裏葉」巻でひとつの区切りを迎えます。しかし、もうすでに新たな物語が胎動しています。絶望の淵へと向かう人びとの物語が……。

平安時代の主な年中行事

平安時代、年間を通して、宮中を中心として、「年中行事」を呼ばれるさまざまな行事が行われていました。ここでは源氏物語にも描かれるものを中心に主な年中行事を紹介します。

春	1月1日	ちょうが 朝賀	天皇が群臣から新年の賀を受ける。「朝拝」とも。10世紀末以降は廃絶し、私儀としての「小朝拝」のみが行われた。
	1月1日〜3日	はがため 歯固	天皇が長寿を願って、猪肉、鹿肉、大根、瓜などの食物を食べる。歯は齢を示す。
	1月1日〜3日	もちいかがみ 餅鏡	長寿を願って餅鏡を飾る。現在の鏡餅にあたる。
	1月2日〜5日	だいじんだいきょう 大臣大饗	大臣が私邸で正月の饗宴を開催する。新任の大臣が行うのを「任大臣大饗」「新任大饗」という。
	1月2日〜4日	りんじきゃく 臨時客	大臣が私邸で招待なしで訪れる客を饗応する。
	1月7日	あおうまのせちえ 白馬節会	天皇が邪気を払うため青馬（白と黒の中間色の馬）を見る。10世紀以降、「白馬」と表記されるようになったとされる。
	1月初子の日	ねのひのあそび 子の日の遊び	若菜を摘み、小松を引いて楽しむ。若菜も小松も長寿を願い、邪気を払うもの。若菜を食すのは、現在の七草粥につながる。
	1月14日・16日	とうか 踏歌	地を踏み、歌をうたって舞うことによって、豊年、繁栄を願う。14日は男踏歌、16日は女踏歌が行われる。
	3月上巳の日	じょうしのはらえ 上巳の祓え	3月のはじめの巳の日に水辺で人形（ひとがた）にケゲレを移して流す。現在の3月3日の雛祭りにつながる。
夏	4月中酉の日	かものまつり 賀茂祭	上賀茂神社、下鴨神社の例祭。葵を飾ることから「葵祭」とも。また「祭り」といえば、この祭りをさすことが多い。
	4月8日	かんぶつえ 灌仏会	釈迦の誕生を祝って行われる仏事。現在は「花祭り」とも称している。
	5月5日	たんごのせちえ 端午節会	宮中を菖蒲で飾り、邪気を払う。天皇が武徳殿（ぶとくでん）に出て、節会を行う。
秋	7月7日	たなばた 七夕	中国の牽牛（けんぎゅう）と織女（しょくじょ）の伝説が、日本古来の「たなばたつめ」の信仰と結びついた星祭。
	8月15日	つきみのえん 月見の宴	仲秋の名月を楽しむ。宴を催し、管絃の遊びを行う。
	9月9日	ちょうようのせち 重陽節	9というおめでたい数字が重なる日に、邪気を祓い、長寿を願って菊酒を飲んだり、菊花の露を湿らせた綿で体をぬぐう。
冬	11月中卯の日	しんじょうえ 新嘗会	天皇が新穀を神に供え、自身も食する。翌日、「豊明節会」（とよのあかりのせちえ）があり、五節の舞いが行われる。
	12月晦日	ついな 追儺	疫鬼を祓い、新年を迎える。方相師（ほうそうし）が矛と盾によって鬼を追い払う。「儺やらい」「鬼やらい」とも。

（秋山虔他編『源氏物語図典』小学館などを参考に作成）

第六章 晩年

Bannen

「若菜上」「若菜下」
「柏木」「横笛」
「鈴虫」「夕霧」
「御法」「幻」

Wakananojyou, Wakananoge, Kashiwagi,
Yokobue, Suzumushi, Yugiri, Minori, Maboroshi

❖源氏物語は、「若菜」巻さえ読めばわかる!?

源氏物語全体をその内容で三つに分けて把握しようとする**三部構成説によれば、「若菜上」巻から「幻」巻は第二部**にあたります。光源氏の栄華への道を描いた第一部の終わりにあたる「藤裏葉」巻で、光源氏は准太上天皇にまでのぼりつめましたが、第二部では、女三の宮の降嫁に端を発し、女三の宮と柏木との密通、罪の子（薫）の誕生、柏木の死、そして紫の上の死などを経て、光源氏の晩年に至る物語が語られていきます。これまで築かれてきた光源氏の世界が崩れさっていくさまを、物語はきわめて冷徹に描ききります。国文学者で歌人の折口信夫（釈迢空）は「源氏物語は、ある点、若菜の巻さえ読んでおけばわかるといえる」と述べていますが、このことばは源氏物語の真髄がそこにあることを示しているのです。

❖光源氏の晩年に向かう物語

第二部の世界で重要な役割を負っているのが、朱雀院溺愛の皇女である女三の宮と、太政大臣（かつての頭中将）の子息である柏木です。**「若菜上」巻で六条院に降嫁し**

た女三の宮は、「若菜下（わかなのげ）」巻で柏木と密通を犯しますが、その事実は、すぐに光源氏の知るところとなります。「柏木（かしわぎ）」巻で、女三の宮は罪の意識によって、柏木との子を産むとすぐに出家し、柏木も亡くなってしまいます。「横笛（よこぶえ）」「鈴虫（すずむし）」巻は、この女三の宮と柏木の物語の後日譚ともいえる巻々で、「横笛」巻では笛の伝承をめぐって柏木の霊が出現し、「鈴虫」巻では女三の宮の出家生活が描かれます。また、柏木の遺言からはじまる夕霧の落葉の宮への恋は、「夕霧（ゆうぎり）」巻で大きく展開します。

女三の宮の降嫁は、一方で、紫の上に苦悩をもたらし、紫の上は、ついに「御法（みのり）」巻で亡くなります。「幻（まぼろし）」巻では、一年間をその追慕に明け暮らす光源氏の姿が描かれ、光源氏の物語は終幕を迎えることになります。

❖「雲隠」巻は光源氏の死を暗示する巻名だけの巻

「幻」巻の後には「雲隠（くもがくれ）」巻という巻名だけの巻が置かれ、**光源氏の死が暗示されています**。通常、五十四帖の数には入れませんが、「雲隠」巻をそのなかに入れて数える場合は、「若菜上」「若菜下」巻の二巻をまとめて、「若菜」巻とします。

「若菜上」「若菜下」「柏木」「横笛」「鈴虫」「夕霧」「御法」「幻」

STORY

三十四 若菜上（わかなのじょう）

女三の宮の降嫁

なんと幼げなことか

ものがたり▼ 六条院行幸の後、病が重くなり出家を決意した**朱雀院**は、溺愛してきた**女三の宮**の将来を心配します。降嫁先を考えあぐねた朱雀院は、**柏木**や**蛍兵部卿宮**（ほたるひょうぶきょうのみや）などの求婚者たちがいるなかで、**光源氏**に依頼します。一度は辞退した光源氏でしたが、故**藤壺中宮**の姪にあたる女三の宮に心を動かし、出家した朱雀院に受諾の返事をします。それを聞いた**紫の上**は、激しく動揺しながらも懸命に平静を装うのでした。

翌年、四十歳となった光源氏のために**玉鬘**による四十の賀が行われます。二月十日過ぎ、六条院に降嫁してきた女三の宮の幼げな様子に失望し、あらためて紫の上のすばらしさを思う光源氏でしたが、紫の上の苦悩は深まるばかりでした。

夏、懐妊して六条院に**明石の女御**が退下（たいげ）したのを機に、紫の上は女三の宮と対面します。十月以降、紫の上などによる光源氏の四十を祝う賀宴がうち続きました。

翌年の三月十日過ぎ、明石の女御が皇子（後の**東宮**）を出産し、その報を聞いた**明石の入道**は宿願を果たしたとして**明石の君**に手紙を送り、山に入ってしまいます。

三月、女三の宮を諦めきれない柏木は、蹴鞠（けまり）の折、その姿を垣間見るのでした。

◉女三の宮の降嫁によって崩れていく光源氏の世界

何かにつけて光源氏に負け続けてきたため、「負け馬」とも評される朱雀院ですが、その朱雀院が女三の宮の降嫁先として選んだのが光源氏でした。この決断については、皇族の権威維持のために皇女が臣下の者と結婚しないのを原則としていた時代の古い考え方に基づいたものであり、朱雀院は「錯誤の人」だとする意見もあります。

さんざんないわれようの朱雀院ですが、多くの求婚者たちが名乗りをあげているように、女三の宮は院が愛情を注ぐ内親王として特別な存在であったのは間違いありません。女三の宮が六条院に入る折、光源氏は、自ら出迎えて牛車から降ろします。准太上天皇とはいえ、「ただ人（臣下）」である光源氏は宮をいただく立場です。**女三の宮の降嫁は、光源氏が臣下の者に過ぎないということを明らかにしてしまう**のです。

女三の宮は、光源氏の正妻として六条院春の町の寝殿に迎えられます。それにともなって、紫の上は東の対屋に移らなければなりませんでした。女三の宮の降嫁は、紫の上が光源氏の正妻ではなかったということも暴き出していきます。女三の宮のもとに通う光源氏を、紫の上は平静を装って送り出しますが、物思いのためにその魂が身から離れて光源氏の夢枕に立ちます。紫の上は、かつての六条御息所のように**もののけになりかねない状況にまで追いつめられていく**のです。

光源氏が作りあげてきた世界を根底から突き崩していくかのような女三の宮の降嫁ですが、当の女三の宮は、なんとも幼げで、「いと御衣がちに、身もなくあえかなり（まことにお召し物ばかりがめだち、身体もないようでか弱い）」と描かれます。いかにも皮肉な描き方ですが、六条院世界を襲う悲劇は、まだはじまったばかりです。

◉夢の実現のためにすべてを賭けた明石の入道からの手紙

明石の女御が男の子を産んだことを伝え聞いた明石の入道は、とても長い手紙を明石の君に送ってよこします。そこには夢の実現に生涯を捧げた明石の入道の半生が綴られていました。明石の入道は、明石の君が生まれた折、夢を見ました。それは、将来、**自分の血筋から帝と后が誕生し、それが達成された時、入道の往生がかなう**というものでした。だいそれた夢でしたが、入道はその実現にすべてを賭けたのです。

この手紙によって、これまでの入道の不可解な行動もわかってきます。明石の入道が都を捨てて播磨国に下ったのは、夢の実現のための蓄財が目的でした。明石の君を光源氏と結婚させたのも、将来の帝と后の誕生をめざしたためだったのです。そして、明石の女御に男の子が生まれました。女御が中宮になることは疑いがないでしょう。その子も帝になっていくことでしょう。夢の実現を確信した明石の入道は、長年夢の実現を祈り続けてきた住吉の神に対する願果たしを明石の君に命じながら、山に入り、消息を絶ちます。夢が完全に実現するまで、山のかなたから見守るつもりなのでしょう。

◉女三の宮も空虚な心を抱えていた？

女三の宮を諦めきれない柏木は、光源氏の宮に対する愛情が薄いという噂を聞くにつけ、ますます執心を強くしていましたが、六条院で蹴鞠が行われた折、**女三の宮の姿を垣間見る**ことになります。猫につけていた紐が御簾（みす）に絡まって持ち上がった、その隙間から女三の宮の立ち姿が見えたのです。当時、高貴な女性は、軒先近くに出ていかないのがふつうで、しかも座っているものでしたので、この時の女三の宮の姿は、かなり特異なものといえます。貴公子たちによる蹴鞠の熱狂に心ひかれたのでしょうが、女三の宮もまた光源氏に愛されない空虚な心を抱えていたのかもしれません。

STORY

三十五 若菜下

わかなのげ

柏木と女三の宮の密通

君も老いるのだよ、すぐにね……

ものがたり▼ **女三の宮**を思う**柏木**はその飼い猫を手に入れ添い寝などしています。四年間の空白をはさみ、**光源氏**四十六歳の年、**冷泉帝**は退位し、**今上帝**が即位します。**太政大臣**も辞任し、**鬚黒**が右大臣となり政権を担当します。東宮には**明石の女御の第一皇子**が立ち、十月、光源氏は願ほどきのため住吉に参詣します。

翌年、女三の宮との対面を願う**朱雀院**のために五十の賀を計画した光源氏は、女三の宮に琴（きん）の琴（こと）を教え、正月二十日ごろ、六条院の女性たちによる女楽（おんながく）を行いますが、翌日、**紫の上**が病に倒れ、恢復（かいふく）しないまま、三月には二条院に移されます。

女三の宮の姉にあたる**女二の宮**（**落葉の宮**）を妻に迎えても、女三の宮を忘れられない柏木は、四月十日過ぎ、光源氏の留守中、強引に契りを結びます。賀茂祭の日、ついに息を引き取った紫の上は加持祈祷により蘇生しますが、そこに**六条御息所の死霊**が現れます。六月、六条院に帰った光源氏は女三の宮の懐妊を知り、不審に思いますが、翌日、柏木からの手紙を発見して密通の事実を知ります。十二月、朱雀院五十の賀の試楽の折に光源氏に皮肉をいわれた柏木は、そのまま重い病に臥すのでした。

◉明石入道の夢がもたらした幸運と過酷な人生

冷泉帝が帝位にあったのは「十八年」だったとされますが、その冷泉帝が即位した年に明石の女御は生まれました。「十八年」という数字は、もう一ヵ所、「明石」巻で明石の入道が住吉の神に祈願してきた年数として語られており、それに基づいて、その時点における明石の君の年齢が十八歳だとも推定されています。明石の君が生まれてから「十八年」で光源氏と出会い、明石の姫君が生まれてから「十八年」でその皇子が東宮になります。「十八」は明石の一族にとってラッキーナンバーだといえます。

皇子が生まれないまま冷泉帝は退位することになり、**帝になるべきではなかった冷泉帝の子孫が皇統を継いでいく事態は避けられます。**光源氏は「口惜しくさうざうしく（残念で物足りなく）」思いますが、明石の女御の皇子が東宮になることによって、明石の入道の夢は実現へと向かっていきます。すべては宿命というほかはありません。

光源氏は、盛大な住吉詣でを実施します。しかし、そこに最も夢の実現を願ってきた明石の入道の姿はありません。その子孫から帝と后が生まれるという夢は叶っていきますが、そのかわり、一族の人びとは多くの別れを積み重ねなければなりませんでした。入道の夢は、一族の人びとに過酷な人生を強いる夢でもあったのです。

◉六条御息所の死霊が紫の上を取り殺す?

六条院で催された女楽のあと、紫の上は発病しますが、その時、寝殿の女三の宮のもとにいた光源氏は急いで対屋に戻ります。その後、恢復しない紫の上は二条院に移され、光源氏もそちらに付きっきりとなりますが、その間隙を縫うように、**六条院では柏木と女三の宮と密通が起こります。**そして、光源氏は、六条院の女三の宮のもとを訪れている折、二条院の紫の上が亡くなったという知らせを聞くことになります。

六条御息所は、生前、いろごのみの光源氏に苦しめられ、もののけとなった女性ですが、ここで再び死霊として登場してきます。息絶えた紫の上には六条御息所の死霊がもののけとして憑いていたのです。そのもののけが加持によって調伏(ちょうぶく)されたことで、紫の上は息を吹き返しますが、六条御息所の死霊は、六条院や二条院の間で右往左往する光源氏をあざ笑うかのように、光源氏の最も大切な女性のもとに潜んでいたのです。女性たちをひきつけ、円満な秩序を作りあげていた光源氏の世界に生じたほころびは次第に大きくなっていきます。

◉光源氏が柏木を睨み殺した!?

光源氏は、柏木と女三の宮との密通を、女三の宮にあてた柏木の手紙によって知ります。女三の宮の不用意さによって、その手紙を手に入れて読んだ光源氏は激怒します。光源氏には、密通の事実はもちろん、その事実をあからさまに書く柏木の無分別が許せなかったのでしょう。**貴族には貴族としての体面があるというのが光源氏の考え方**で、光源氏にはそれを守ってきたという自負があるのです。

だからこそ、光源氏は怒りを自身のなかに抑え込もうとしますが、どうしてもできませんでした。秘密を知られておびえきった柏木を、光源氏は呼び出して、「柏木はわたしのことを笑っているが、それもしばらくのことだ。時間は逆には流れない。誰も老いからは逃れられないのだ」と冗談めかして皮肉をいい、睨みつけながら酒を何度も強います。鎌倉時代初期の評論である無名草子(むみょうぞうし)では、光源氏が柏木を「睨み殺したまへる(睨み殺しなさった)」と批評されていますが、ここではまさに生身の人間として激情が、光源氏の王者としての顔を食い破って現れ、柏木を死の淵へと追いやっていくのです。

STORY

三十六 柏木（かしわぎ）

柏木の死

憐れむだけでいいのです

ものがたり▼ **光源氏**四十八歳の春、衰弱していく**柏木**は、自身の死を思いながらも執心を断ち切れず、**女三の宮**に手紙を書きます。

その翌日、女三の宮は男の子（**薫**）を出産します。**藤壺**と通じた罪の因果応報を思う光源氏は、盛大な祝賀にもやりきれない思いを抱きます。光源氏の冷淡な態度に女三の宮は、山を下りてきた父**朱雀院**に懇願して出家をしてしまいます。その夜、**六条御息所の死霊**が現れ、女三の宮の出家はこの死霊のせいだったことがわかります。

女三の宮が出家したと聞いた柏木は、**夕霧**に**落葉の宮**のことなどを託して、泡の消え入るように亡くなります。三月、薫の五十日（いか）の祝いが行われます。薫を抱いた光源氏は、柏木に似ていると感じ、世の無常を思わずにはいられませんでした。

柏木の遺言に従って一条宮に住む落葉の宮を見舞った夕霧は、母の**一条御息所**と故人について語り合い、歌を交わします。その後、頻繁に一条宮を訪れるようになった夕霧は、四月には落葉の宮とも歌を贈答するなどして、恋心を抱くようになっていきます。人びとは事あるごとに柏木を哀悼し、罪の子薫も成長していきます。

◉幻影に破滅していく柏木

女三の宮を求める柏木の心は、しだいに狂気を帯びていくようになります。垣間見の後、女三の宮の猫を手に入れて添い寝するなどしていた柏木でしたが、その執着心は女三の宮の姉である女二の宮（落葉の宮）の降嫁を受けてもとどまることなく、ついに密通に至ってしまいます。しかし、**逢ってなおその実感を持てない柏木は、「あはれ」とのことばを求め、それは死の床についても変わりませんでした。**そして、死の直前に震える文字で書かれた女三の宮への手紙では、死んだ後もあなたの側を離れませんと歌いつつ、最後まで「あはれ」を求めます。

往生さえも拒絶して、愛する女性のもとにとどまろうとすることは、当時の仏教観からすれば常軌を逸しているといえますが、柏木もまた、たったひとりの女性を愛し抜こうとした人物だったのでしょう。しかし、その強すぎる思いは、女三の宮の幻影を作り出して肥大化させ、やがて自分自身をも見失わせます。女三の宮に求める「あはれ」は、何も見えなくなった柏木にたったひとつ残された光だったのです。

そうした柏木の目には光源氏も人間を超えた崇高な存在に映ってしまいます。柏木は、自ら作り出した幻影によって破滅していくのです。

◉女三の宮を追いつめていく光源氏

柏木との密通を知った光源氏は、「わたしのことをさぞいやな爺さんだと思っているのでしょうね」と皮肉を投げかけるなど、女三の宮に対しても厳しく冷淡な態度をとり続けます。もちろん、光源氏は、密通のことなどはおくびにもださず、平静を装っていますが、だからこそ、女三の宮は真綿で首を絞められるように追いつめられていきます。

薫を出産した後、女三の宮には尼になりたいとの思いが「つき」ます。この「つき」にはもののけが憑いたことが示されているとの説もあるように、いつもの女三の宮とは違い、出家への意志は強く、下山してきた父朱雀院に対しても「尼になさせたまひてよ（わたしを尼にさせなさってください）」とはっきりと言います。出家を認めようとする朱雀院に対して、光源氏は「邪気（もののけ）」のせいだとして反対しますが、内心では容認する思いもありました。光源氏が出家を引き留めるのは、朱雀院や世間に対する体面とほんの少しの宮への未練のためだったのです。

出家の後、六条御息所の死霊が出現していますので、女三の宮がもののけに憑かれていたことは確かでしょう。しかし、女三の宮の出家に涙する光源氏の心には、凍えるような残忍さが潜んでいたことも見逃すことはできません。

◉薫を抱く光源氏にはさまざまな「あはれ」が去来する

五十日の祝いの折、光源氏は薫を抱きますが、この場面が国宝源氏物語絵巻「柏木」第三段に描かれています。そこでは眠る薫の顔を光源氏がじっと見つめていますが、物語の本文では、薫は「いと心やすくうち笑みて（まことに人見知りもせずににこにこと笑って）」と語られ、一方の光源氏は、薫に柏木の面影を見出しては世の無常を感じて涙をこぼし、白居易の詩を口ずさみながら老いの感慨に浸るなどする姿が語られます。光源氏にとって薫は、柏木と女三の宮による自分への裏切りの証しであるはずですが、この場面では、薫を抱く光源氏はさまざまな「あはれ」をも感じています。それは**薫に対する愛情であり、世の無常に対する感慨であり、柏木に対する憐憫であり、自身に対する自嘲**でもあります。動くことのない絵のなかの光源氏の胸のうちにも、因果応報ということばでは言い尽くせない思いが去来しているのです。

STORY

三十七 横笛（よこぶえ）

柏木遺愛の笛

この笛はわが子に伝えてください

ものがたり▼ 四十九歳の春、**柏木**の一周忌にあたって**光源氏**は**薫**の分も含めて多額の供養料を寄進し、何も知らない**致仕の大臣**（ちじのおとど）（かつての**頭中将**）は感謝の念を抱きます。

出家した**女三の宮**に絶えず便りを送っていた**朱雀院**は、寺の近くの筍（たけのこ）なども贈ります。女三の宮のもとを訪れた光源氏は、その出家姿に未練を覚え、筍にかぶりつくなどする薫の成長にあらためて宿運を感じ、嘆息します。

秋の夕暮れ、**夕霧**が訪れた一条宮では、**落葉の宮**たちが琴などを演奏していました。**一条御息所**と故柏木の思い出話を語りあった後、夕霧は、落葉の宮と、夫を想う曲とされる「想夫恋（そうふれん）」を合奏します。この夜、一条御息所から、故柏木が肌身離さず愛用していた笛を贈られますが、帰宅した夕霧がその笛を吹くと、夢に故柏木が現れて「この笛を伝えたい者が別にいるのです」といいます。

翌朝、光源氏のもとを訪れた夕霧は、薫が柏木に似ているように感じます。笛を預かるという光源氏に、夕霧は柏木の生前のことばを伝えますが、光源氏ははっきりした返事はしませんでした。

◉柏木は政治的に不遇だった？

女三の宮との密通の果てに、「泡の消え入るやうに」亡くなった柏木ですが、一周忌がめぐってきても、その死が人びとによって惜しまれています。柏木の死の真相を知らない人びとの目には、柏木の死はどのように映っていたのでしょうか？

「柏木」巻の最後で、人びとは柏木を「あはれ、衛門督（えもんのかみ）」といって哀悼したとあります。この「横笛（よこぶえ）」巻の冒頭では「故権大納言」と呼ばれているように、柏木は死の直前に権大納言に任じられていたのですが、人びとにとっては「衛門督」のイメージが強かったのでしょう。「衛門督」とは右衛門督のことで、大納言になるとそれを辞めるのが通例でしたので、柏木は三十二、三歳という年齢までは中納言兼右衛門督であったということになり、夕霧が二十五歳で権大納言兼右大将となったことを考えると、致仕の大臣（かつての頭中将）の長男としては昇進が遅いということがわかります。

その原因は、やはり、致仕の大臣が中宮争いで光源氏に負け続け、政治的基盤を失っていたことにあるでしょう。**政治的に不遇のまま、急病によって亡くなってしまった貴公子**というのが、「あはれ、衛門督」と哀悼する人びとのなかにある柏木のイメージだったのです。女三の宮に「あはれ」を求め続けた柏木は、人びとから「あはれ」と惜しまれるわけですが、そのように哀悼する人びとは、命を懸けた柏木の恋の真相など知るよしもありません。

◉子孫の行く末を思う故柏木の霊の出現

政治的に恵まれないまま不慮の死を遂げた者には、怨霊となって祟(たた)るという噂が立ちやすいものですが、故柏木の死霊は、夕霧の目の前にだけ出現して、自分の笛を伝えるべき人物が薫であることを示唆します。恋に殉じたといえる柏木ですが、ここでは自身の血脈の行く末を思う父親としての顔をもって現れてきます。

「明石」巻で天変から光源氏を救い出す故桐壺院の霊、「蓬生(よもぎう)」巻で娘の末摘花のもとに光源氏を導く故常陸の宮の霊、そして「総角(あげまき)」巻で中の君の夢に現れる故八の宮の霊などには、子孫を守護する先祖の霊の性格があるともいわれています。もちろん、朱雀帝を睨みつけた故桐壺院の霊のように危害を加える場合もありますが、これは朱雀帝が故桐壺院の遺言を破ったことによるものでした。

柏木は死して薫を見守る祖霊となったといえるのかもしれません。だとすれば、光

源氏が薫を粗略に扱うことがあったら、そのときこそ、柏木は光源氏に祟ることになるのでしょう。一周忌にあたって、光源氏は、薫の分として「黄金百両（こがねひゃくりょう）」を寄進しています。先祖の霊は子孫の供養によって鎮まることを知っていたのです。

◉柏木の思いとともに薫に伝わった笛

夕霧から笛のことを聞いた光源氏は、「それはわたしが預かるべき謂われがあるものだ」といって、その笛は「陽成院（ようぜいいん）」から「故式部卿宮（しきぶきょうのみや）」に伝えられ、宮が萩の宴をした折に柏木に下されたものだと語ります。「陽成院」も「故式部卿宮」も、架空の人物ではなく、歴史上の人物をさしているとされますが、この笛が「院」や「宮」という皇族に伝えられてきたものとされることは注意してよいでしょう。柏木は女三の宮などの宮たちに固執していましたが、この笛の伝来にもそうした柏木の飢（かつ）えるような皇統への志向性が示されているのです。

後の「宿木（やどりぎ）」巻で、二十六歳になり権大納言に昇進した薫は、女二の宮の降嫁を受けますが、**宮を三条宮に迎える前日に開催された藤の花の宴で、薫はこの柏木の遺愛の笛を吹きます。**笛は、柏木の思いとともに、薫に伝わったのです。

STORY

三十八 鈴虫（すずむし）

女三の宮の尼姿

今になって いとしく感じられる

ものがたり▼ **光源氏**五十歳の年の夏、**女三の宮**の持仏（じぶつ）（身近に置いて守り本尊とする仏像）の開眼供養（かいげんくよう）が催され、光源氏は宮のために仏具などを用意し、**紫の上**も準備に加わります。女房に指示を与える光源氏は、女三の宮にも法事について教えます。**朱雀院**は女三の宮に光源氏と別居し三条宮に移るよう勧めますが、今になって女三の宮に執心を抱くようになった光源氏は宮を手放しません。ただ、一方では女三の宮の財産に多くの宝物などを加えて三条宮に移し、将来の準備も進めるのでした。

秋、女三の宮の居所の前庭を野原にして鈴虫などを放ちます。虫の音（ね）を口実にやってきては未練を訴える光源氏に、女三の宮はわずらわしく思います。

八月十五夜、女三の宮のもとにいた光源氏のところに、**蛍兵部卿宮**（ほたるひょうぶきょうのみや）や**夕霧**などがやってきて、管絃の遊びをし、鈴虫の宴が始まります。そこに**冷泉院**からの招きがあり、出かけた一同は、詩歌を作って夜を明かします。

明け方、**秋好中宮**（あきこのむちゅうぐう）のもとを訪れて、もののけとして出現した母**六条御息所**の供養のために出家したいとの意向を聞いた光源氏は、それを諌めるのでした。

◉光源氏は、かたちのうえだけでも女三の宮を愛し抜こうとする?

柏木と女三の宮の物語を締めくくる巻として位置づけられている「鈴虫」巻ですが、そこで描かれるのが光源氏の女三の宮への今さらながらの執心です。女三の宮の持仏開眼供養にあたって、光源氏が物質的なことを含めてその一切を取り仕切るのも、そうした心の現れと考えることができますし、別居を勧める朱雀院の提案を拒絶するのもその執心によるものと理解してよいでしょう。しかし、それは愛情と呼べるものなのでしょうか?

光源氏は、女性たちをひきつけてやまない魅力を持つだけではなく、**いちど愛情を抱いた女性に対して愛情を注ぎ続ける**人物でした。女三の宮は、そうした光源氏を裏切って柏木と密通を犯してしまいました。光源氏からすれば、けっして許すことができないことです。しかし、降嫁を受けた女三の宮を六条院から手放すこともまたあり得ないことなのです。

女三の宮への執心は、自身を見捨てようとする者に対する未練といってよいものです。光源氏は、領地の収入や、荘園や牧場からの物品といった女三の宮の財産を三条宮に移し、宮の日常生活はすべて自身が負担しましたが、それは、愛情を持てない分、財力をもってその代わりとしているかのようです。しかし、光源氏は、かたちのうえだけでも女三の宮を愛し抜こうとします。准太上天皇として貴族を代表する立場にある光源氏は、貴族としての体面は保たねばならないのです。

◉鈴虫は、ほんとうに松虫のこと？

平安時代の「鈴虫」は現在の松虫で、「松虫」は現在の鈴虫といわれていますが、どうしてでしょうか？

この説は、江戸時代後期に書かれた古今要覧稿（ここんようらんこう）などによるもので、鈴虫がリンリンと鳴き、松虫がチンチロリンと鳴くことを前提として、たとえば、この「鈴虫」巻で鈴虫の声が「はなやか」とされることからチンチロリンと鳴く松虫をさすのではないかと推測したのです。ただし、実際の鳴き声はどうであったかについては不確かなところも多く、この説には疑問の余地も残されています。「鈴虫」巻でも、女三の宮を「鈴虫」にたとえながら、**出家しても若々しい女三の宮に執着する光源氏の心のありよう**が描かれているように、まずは、「鈴」や「松」（待つ）の語を背負うそれらの虫

が、作中人物のどのような心情を象(かたど)っているかを見つめたいところです。

◉光源氏と冷泉院の対面が描き出す過去の罪

源氏物語では退位直後の生活が描かれる帝が三人います。最愛の女性である藤壺と寄り添うように暮らした桐壺院、女御や更衣たちと変わらない様子で過ごした朱雀院、そして、思うままに出かけて人びとと会いたいと願った冷泉院です。帝でいるあいだは、心やすく出かけることもできませんでしたので、退位した冷泉院は、実の父である光源氏に心おきなく対面したいと願ったのでしょう。

しかし、光源氏と冷泉院とは似ていますので、**ふたりが対面する場には、どうしても秘められた罪の問題が浮かびあがってきます。**この「鈴虫」巻でも、冷泉院の容貌が光源氏とそっくりであることが記され、あらためてこのふたりが実の親子であることが語られています。

ただ、すでに冷泉院は継嗣(けいし)なきまま退位しました。冷泉院と対面した光源氏が感じている「あはれ」には、その罪さえも遠い過去のものとなったことへの慨嘆(がいたん)も含まれているのではないでしょうか。

STORY

三十九 夕霧（ゆうぎり）

夕霧と落葉の宮との恋

もうこりごりだ

ものがたり▼ **光源氏**五十歳の年の八月十日ごろ、**柏木**の妻であった**落葉の宮**に心ひかれる**夕霧**は、宮の母**一条御息所**（いちじょうのみやすどころ）が病気の加持のために移った小野に出かけます。御息所に代わって対応した落葉の宮に夕霧は一晩中恋情を訴えますが、宮は拒み通します。翌早朝、夕霧はやむなく帰りますが、その姿を見た**祈祷の律師**（きとうのりっし）はふたりが男女の間柄だと誤解し、御息所に伝えてしまいます。驚いた御息所は、真意を確かめようと、夕霧からの手紙に返事を書きますが、夕霧はそれを妻の**雲居雁**（くもいのかり）に奪われ、隠されてしまいます。翌日、夕霧は、ようやく手紙を探し出して返事を書きましたが、なかなか来ない返事に夕霧の不実を嘆き、病状が悪化した御息所は息を引き取ってしまいます。葬儀等の世話をする夕霧でしたが、落葉の宮は心を固く閉ざします。

落葉の宮は出家を望みますが、**朱雀院**によって諌められます。夕霧は、落葉の宮を一条宮に移し、強く迫ります。落葉の宮は塗籠（ぬりごめ）にこもって拒みましたが、夕霧は女房の手引きによってついに契りを交わします。それを聞いて腹を立てた**雲居雁**は、父の**致仕の大臣**（ちじのおとど）（かつての**頭中将**）の家に帰ってしまうのでした。

◉「まめ人」の夕霧の不器用な恋から起こる悲喜劇

「夕霧」巻の冒頭で、夕霧は「まめ人の名をとりてさかしがりたまふ大将（真面目な人という評判をとってこざかしくふるまっていらっしゃる大将）」と紹介されていますが、この巻では、その**「まめ人」である夕霧が落葉の宮への恋にのめり込んでいく**ことによって生じる悲喜劇が語られていきます。

とくに夕霧の落葉の宮に対するふるまいには**「まめ人」ゆえの不器用さ**が目立ちます。たとえば、小野に訪れた折には落葉の宮に急に恋情を訴えて居座り、御簾のなかに入り込みますが、その強引さは落葉の宮に嫌悪されるだけでした。その時、夕霧に裾をつかまれたために、落葉の宮の単衣がほころびていたというのですから、恋の風情もあったものではありません。そして、この一夜の夕霧の軽率な行動が、結果的に一条御息所の命を縮めることになります。また、一条御息所の死後、落葉の宮を一条宮に連れ戻した夕霧は、家の主のような顔をして迎え入れ、契りを交わしますが、これを聞いた妻の雲居雁は激怒して、実家に帰ってしまいます。落葉の宮には嫌われ、雲居雁には家出され、もうこんな色恋沙汰はこりごりだと夕霧は思いますが、そのすべては「まめ人」である夕霧の不器用さが招いたものなのです。

この夕霧のふるまいは、光源氏のパロディだともいえますが、実は、光源氏と大差はないのではないかということに気づかされます。夕霧の不器用な恋は、光源氏がいかに女性たちを傷つけてきたかということを照らし返しているのです。

◉屈辱的な扱いをされながらも皇女として生きる落葉の宮

落葉の宮は、朱雀院の第二皇女でありながら、妹の女三の宮に比べて人びとの扱い方が軽いのはなぜでしょうか？　その理由のひとつには、**落葉の宮の母一条御息所の身分が高くなかったこと**があげられます。女三の宮の母藤壺女御は先帝の娘でしたが、落葉の宮の母は更衣でした。そのためもあり、朱雀院からの愛情も劣るものでした。貴公子たちの関心は、朱雀院が溺愛する女三の宮に集中し、柏木は、落葉の宮の降嫁を受けながらも重く見ることはなく、「落葉」という不名誉なことばで宮を歌うことさえしていたのです。

しかし、落葉の宮に対する夕霧の態度は、その柏木よりもひどいものでした。強引に御簾の中に入り込んだ夕霧に、落葉の宮は「悔しう、かくまで（悔しいことに、こ

れほどまで見下すのか）」と思いますが、その宮に夕霧は「世の中をむげに思し（おぼ）知らぬにしもあらじを（男女の仲を知らないわけでもなかろうに）」と言い放つのです。

それほどまでに屈辱的な扱いをされても落葉の宮が皇女として生きることを強く望んだのが、自身の身分が高くないからこそ皇女にこだわる母一条御息所です。女性の生きがたさを描く落葉の宮の物語は、すでに**同じテーマを描き出す宇治十帖の世界を先取りしている**といえるのかもしれません。

◉怒りを抑えきれない雲居雁

「少女（おとめ）」巻で引き裂かれても、夕霧と雲居雁はずっと恋心を持ち続け、「藤裏葉（ふじのうらば）」巻でその初恋を成就させました。ところが、柏木の遺言を守るために落葉の宮を訪問しているうちに、夕霧は落葉の宮に恋心を抱くようになってしまいます。雲居雁との日常にはない落葉の宮の優雅さにひかれたのでしょう。夕霧との間に多くの子どもを儲け、その世話に明け暮れる雲居雁からすれば青天の霹靂（へきれき）です。一条御息所からの手紙を夕霧の背後から奪いとる行為も、貴族の女性としてけっしてほめられたものではありませんが、**長年の信頼を裏切られた雲居雁は怒りを抑えきれなかった**のです。

STORY

四十 御法（みのり）

紫の上の死

消えゆく露のように

ものがたり▼ **紫の上**は、四年前の大病以来、病に臥せりがちとなり、衰弱する一方です。子どももない紫の上は出家を望みますが、**光源氏**は許しません。

光源氏五十一歳の年の三月十日、二条院で法華経千部供養を行う紫の上は、死期を予感しつつ、**明石の君**や**花散里**と歌をやりとりするのでした。

夏となり、ますます衰弱する紫の上を**明石の中宮**が宮中から退出して見舞います。紫の上は幼い**三の宮**（**匂宮**（におうみや））に二条院の紅梅と桜を大切にしてくれるよう遺言します。

八月十四日、紫の上は光源氏と明石の中宮とともに歌を詠み交わした後、ふたりに見守られながら、消えゆく露のように息を引き取ります。光源氏が**夕霧**とともにのぞいたその死顔は、白く光るような美しさでした。葬儀は翌十五日に行われました。

喪に服する夕霧はかつて垣間見た紫の上の姿を回想し、光源氏は悲嘆にくれるばかりです。**今上帝**（きんじょうてい）をはじめ**致仕の大臣**（ちじのおとど）や**秋好中宮**（あきこのむちゅうぐう）などからも弔問があるなか、光源氏は仏道修行に専念します。出家を決意しているものの、世間体を気にして踏み切れません。四十九日の法要は、光源氏に代わって夕霧が取り仕切りました。

◉絶望の果てに光源氏の世界から解き放たれていく紫の上

衰弱していく紫の上は出家を望みます。「若菜下」巻ではじめて出家を申し出たのは、とくに女三の宮降嫁による「おほぞうの住まひ（愛人扱い並みの生活）」に見切りをつけたいとの思いによるものでした。

けれども、死を前にした「御法」巻では、子どものいない自分はもはや生きたいとも思えず、自身の死後、光源氏が嘆くことだけが悲しいものの、せめて生きている間は仏道修行に専念したいと考えて出家を願い出ています。紫の上の心は、女性たちとの関係で苦しんできた光源氏の世界から離れ、そして、この世からさえも離れて、すでに来世に向かっているのです。

「若菜下」巻で発病する直前、紫の上は、耐えられない嘆かわしさばかりが自分自身の「祈り」だったとも述懐しています。**苦悩だけが自分の生きる支えであったというこのことばは、紫の上の絶望的な心のありようを語るもの**です。紫の上は、その絶望のはてに、ようやく光源氏の世界から解き放たれていくのです。

◉二条院は紫の上が帰る場所ではなかった？

紫の上は、法華経千部供養を「わが御殿と思す二条院（自身の邸宅とお思いになる二条院）」で行います。「若菜上」巻でも同様の表現が見えますので、紫の上は二条院を自身の邸宅だと認識していたことは確かですが、それでは、二条院は紫の上が所有する邸宅だったのでしょうか？「須磨」巻で須磨に退去するにあたって、光源氏は、全財産の管理を紫の上に依託していますので、その時にこの二条院も紫の上に譲られたという見解もありますが、ここでは「思す」とされていることに注目しましょう。つまり、実際には光源氏が所有する邸宅である二条院を、紫の上は心情的に自身の邸宅だと思っていたということではないでしょうか。

紫の上が二条院を自身の邸宅だと思いたい気持ちはよくわかります。母方の祖父の故按察大納言邸から二条院に連れて来られてから、**紫の上は、この二条院で光源氏から愛され、正妻として財産の管理も委ねられてきました。**六条院の女主人は女三の宮であるとしても、この二条院では自分こそが女主人だといえるのです。

紫の上はその二条院で一生を終えようとしています。それは故桐壺更衣のように宮中から退下（たいげ）して亡くなる女性の姿と重なります。けれども、二条院は紫の上のものではなく、実家とはいえません。紫の上の実家があるとすれば、二条院に連れて来られる前に住んでいた故按察大納言邸ということになりますが、もはやそこに帰るすべはありません。北山で発見された紫の上は、北山から故按察大納言邸へ、故按察大納言邸から二条院へ、二条院から六条院へ、そして六条院から二条院へとさまざまに居所を移してきましたが、死に臨んで帰るべき場所は、この世のどこにもなかったのです。

◉紫の上はかぐや姫のように去り、そして光源氏が残される

「消えゆく露」のように亡くなっていこうとしたとき、**紫の上の手をとらえたのは明石の中宮で、光源氏ではありませんでした。**その直前には、光源氏と明石の中宮ととに歌を詠み交わしていますが、光源氏とふたりだけで歌を詠み合うことはありませんでした。葬儀が八月十五日に行われていることから、紫の上の死には竹取物語のかぐや姫の昇天が重ねられていると考えられていますが、「あはれ」という思いを失って昇天するかぐや姫のように、紫の上は光源氏を捨てて去って行きました。光源氏は、地上に取り残された竹取の翁のように悲嘆に暮れるほかはなかったのです。

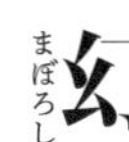

四十二 幻（まぼろし）

光源氏の悲嘆

あの人の魂を探しておくれ

ものがたり▼ **光源氏**五十二歳の年、新しい春はめぐってきますが、**紫の上**を失った悲嘆はあらたまりようもありません。光源氏は御簾のなかに引きこもってばかりですが、訪れた**蛍兵部卿宮**（ほたるひょうぶきょうのみや）とかろうじて対面します。召人（めしうど）の**中将の君**などと語り合いますが、人と会うことはほとんどありません。紫の上遺愛の紅梅や桜を世話する**三の宮**（**匂宮**（におうみや））を見ても悲しく思い、**女三の宮**や**明石の君**と語り合ってもその悲しみは癒えるどころか深まるばかりでした。四月には**花散里**から更衣（ころもがえ）の装束が届けられ、賀茂祭の折には中将の君と歌をやりとりし、五月雨の折には**夕霧**とともに紫の上を偲びます。蜩（ひぐらし）や蛍などを見ては悲しみを歌い、七夕の折にもひとり歌を口ずさむ光源氏でした。八月の一周忌には曼荼羅（まんだら）を供養し、九月九日の重陽（ちょうよう）の節句の折の菊、十月の時雨のころの雁につけても悲しみの歌を詠み、五節のはなやぎにも心を動かされません。年が暮れていくにつけて光源氏は出家の覚悟を固め、紫の上の手紙を女房たちに焼かせます。

十二月の御仏名（おぶつみょう）の日、光源氏は久しぶりに人前に姿を現しますが、晦日（つごもり）には、わが世も尽きたとの感慨を抱きつつ、出家前最後の正月のために指図をするのでした。

◉「桐壺」巻と照応する「幻」巻

「幻」巻は、光源氏が一年間を通して紫の上を追慕する姿を語る巻です。新たな物語展開はなく、移り変わる季節の景物や歳事などにつけて和歌が詠まれ、紫の上が偲ばれます。何を見ても、何を聞いても紫の上を思い出し、**悲しみに暮れる様子が繰り返し語られ、光源氏は物語から退場していく**ことになります。

源氏物語では、主要な人物が亡くなった後には、その人物を追悼する場面が描かれてきました。たとえば、「桐壺」巻では光源氏の母桐壺更衣が亡くなった後、桐壺帝が壺前栽（つぼせんざい）を眺めながら更衣を偲びます。壺前栽は中庭の植え込みのことで、「桐壺」巻の別称ともなっています。木には神霊が宿ると考えられていましたから、前栽を見ながら桐壺帝はそこに亡き更衣を感じつつ偲んだのです。「幻」巻で景物をながめる光源氏も同じです。**紫の上への追慕には「幻」巻という巻がまるごとあてられています。**光源氏は一年をかけて紫の上の魂を探しているのだといえるでしょう。

桐壺帝は、「長恨歌（ちょうごんか）」をふまえながら、更衣の魂を探しにゆく「まぼろし（幻術士）」がいてほしいと歌っていましたが、「幻」巻の光源氏もまたその「まぼろし」に亡き紫の上の魂を探してほしいと歌います。「幻」巻は、遠く「桐壺」巻と照応しながら、光源氏物語に幕を引くのです。

◉光源氏は、紫の上の手紙を焼いて出家に向かう

一年を紫の上の追慕に費やし、いよいよ出家の意向を固めた光源氏は、紫の上の手紙を焼かせますが、その姿から竹取物語の帝が思い起こされます。

竹取物語の最後、帝は、月に帰ったかぐや姫が残していった手紙と不死の薬を駿河国(するがのくに)にある山の頂で焼かせます。物語は、その山が富士山で、焼かせた煙はいまだに雲の中に立ちのぼっていると語るのですが、帝が手紙等を焼いて煙にするのは、天上のかぐや姫に返却する儀礼であったとする説があります。天上の人に返すことはその人を鎮魂することにつながります。とくに文字にはそれを書いたものの魂がこもると考えられていましたから、手紙を焼くことはたんに存在を無にすることではなく、死者の魂を慰撫(いぶ)することになるのです。

一年待っても紫の上の魂は、光源氏の前に現れませんでした。探そうにも探す手立てもありません。望みを断たれた光源氏は、その手紙を焼くことによって、紫の上の

鎮魂を行い、その愛執をなんとか断ち切ったうえで出家に向かっていくのでした。

◉物語は光源氏の死を描かない

「幻」巻の巻末近く、光源氏は昔と変わらぬ光かがやく姿で人前に現れました。竹取物語では、かぐや姫の昇天を嘆く竹取の翁の様子が、鬢が白くなり、腰もまがり、目もただれて、すっかり老いてしまったと語られていますが、光源氏は、その最後までスーパースターのままであったということができます。

「幻」巻の後、新年を迎えた光源氏は、出家して仏道修行をした後に亡くなったと考えられます。後の「宿木(やどりぎ)」巻では、嵯峨野の御堂に籠もった後、二、三年して亡くなったとされますが、物語にはその具体的な様子が描かれることがなく、**光源氏の死を暗示する「雲隠(くもがくれ)」という巻名だけの巻が置かれて**います。これは、神の死を描かない神話や伝説の伝統によるもので、光源氏は美しい姿のまま物語から姿を消すことになります。しかし、それは大きな喪失感と孤独、そして絶望に苛(さいな)まれながらの退場でした。物語は、偉大な主人公である光源氏亡き後の世界を語り継ぐことによって、さらに人間の心の奥底を見つめていくことになります。

平安時代の葬儀

平安時代では魂の存在が信じられていましたので、息を引き取ってもすぐ「死」とは考えず、死者の魂を儀式を通して徐々に死の世界に送るようにしました。ここでは一般的な葬儀から追善法要までの流れと服喪について紹介します。

葬儀	死去	
	↓ 招魂	死者の魂を呼び戻す儀式を行う。魂呼（たまよばい）とも。
	↓ 安置	死の認定後、白い単衣を着せて北枕にする。 ※魂殿（たまどの）に一定期間亡骸を安置する場合もある。
	↓ 勘申（かんじん）	陰陽師を呼んで、入棺出棺の日時方向、葬地などを占わせる。
	↓ 入棺	亡骸を調度等とともに棺に収める。
	↓ 出棺	夜、出棺する。 ※霊物が近づかないように車の車輪に絹を巻く。
	↓ 野辺送り	棺を牛車に載せ、近親者は葬列に徒歩で従う（母親は加わらない）。
	↓ 火葬	火葬を原則とする（特別な遺言等がある場合は土葬）。 ※鳥辺野、蓮台野、化野など。洛中での火葬は禁止。
	↓ 拾骨	明け方、骨を拾って近親者などが墓所へ運ぶ。 参列者は、禊ぎの後、帰る。 ※墓参りはあまりせず、寺院や私邸で追善供養を行う。
追善法要	後のわざ	七日ごとに追善法要を行う。
	↓ 四十九日	「七七日」（なななぬか）とも。 中有にあった死者の魂が極楽往生できる日と考え、手厚い法要が行われる。
	↓ 年忌	一周忌、三周忌など。
服喪	服喪	喪服を着用し、精進生活を送る。

【服喪期間】

天皇・太上天皇	1年
父母・夫・主人	1年
祖父母・養父母	5か月
外祖父母・妻・兄弟姉妹・夫の父母・嫡子など	3か月
継母・嫡子以外の子・嫡孫など	1か月
嫡孫以外の孫・兄弟の子など	7日

（山中裕他編『平安時代の儀礼と歳時』至文堂、
倉田実編『平安大事典』朝日新聞出版などを参考に作成）

第七章 没後

Botsugo

「匂兵部卿」
「紅梅」
「竹河」

Niouhyobukyo, Kobai, Takekawa

❖匂宮三帖は正編と宇治十帖とを橋渡しする「つなぎ」の巻々

「**匂兵部卿**」「**紅梅**」「**竹河**」巻の三帖は、「**匂宮三帖**」と呼ばれ、**正編と宇治十帖とを橋渡しするつなぎの役割**を負っています。「紅梅」巻では致仕の大臣（かつての頭中将）の没後、「匂兵部卿」巻では髭黒の没後というように、匂宮三帖では、正篇で活躍した男性たちが亡くなった後、それぞれの家の人びとがどのようになったかという後日譚が語られていきます。

❖「竹河」巻の作者は紫式部ではない？

「**匂兵部卿**」巻の物語は宇治十帖の「橋姫」巻に受け継がれますので、「**紅梅**」「**竹河**」巻は、それらと並行する時間のことを語る「**並びの巻**」だといえます。ただ、「紅梅」巻が薫二十四歳のころのことを語るのに対して、「竹河」巻では薫が十四、五歳から二十三歳のころのことが語られており、**時間の流れが巻順と逆**になっています。

また、「匂兵部卿」巻で中将になった薫が「竹河」巻では四位侍従と呼ばれたり、「竹

河」巻で、夕霧が左大臣、紅梅が右大臣兼左大将に、薫が中納言に昇進したとされながら、あとの巻にはそれが反映されていなかったりと、多くの矛盾を抱えています。そのため、「竹河」巻は紫式部以外の別人が書いて後から入れたものではないかという説（「竹河」巻別筆説）をはじめとして、さまざまな説が唱えられてきました。

しかし、**「竹河」巻が紫式部以外の作であるとする確かな証拠はありません**。むしろ、「竹河」巻が鬚黒家に仕えていた老女房の問わず語りの体裁で語られているように、匂宮三帖は、家々に伝わる物語をそれぞれの立場で語るものであり、そのためにさまざまな齟齬（そご）が生じていると考えることもできます。

❖物語の可能性を模索する匂宮三帖

匂宮三帖は、光源氏や藤壺、紫の上などの男女両主人公亡き後、**どのような人物の、どのような物語を語っていくのかを模索する巻々**だともいえます。とくに女性については、**「紅梅」巻と「竹河」巻に、大君（おおいぎみ）と中の君という姉妹が繰り返し登場するのは偶然ではない**でしょう。「紅梅」巻に登場する宮の御方を含め、さまざまな物語の展開の可能性を模索した後、続く宇治十帖の世界が拓（ひら）かれていくのです。

四十二 匂兵部卿（におうひょうぶきょう）

光源氏の没後

わたしはどこから来て
どこへ行くのか?

ものがたり▼ **光源氏**亡き後、その名声を受け継ぐべき人は子孫のなかになかなか見当たりませんが、**今上帝**（きんじょうてい）の**三の宮**（**匂宮**（におうみや））と**女三の宮**腹の光源氏の若君（**薫**（かおる））とが優っていると世間では評判です。**紫の上**に愛育された匂宮は二条院に住み、元服後は兵部卿となっています。六条院に住んでいた女性たちのうち、**花散里**は二条東院に移り、女三の宮も今は三条宮に住んでいます。**明石の君**は、二条院や六条院に住む孫にあたる宮たちの世話をして過ごしています。

十四歳の年、薫は元服して、二月には侍従、秋には右近中将となります。**冷泉院**をはじめ、**今上帝**などからも重んじられる薫でしたが、自身の出生に疑問を抱いて苦悩し、仏道への思いを強くしています。生まれつき芳香が漂う薫に対抗して、匂宮は香を焚きしめ、ふたりは、世間から「匂ふ兵部卿、薫る中将」と呼ばれています。匂宮は**冷泉院の女一の宮**を思っていますが、厭世の心が深い薫は女性には消極的です。

十九歳の年、薫は中将に三位宰相を兼ねます。**夕霧**は、**藤典侍**（とうないしのすけ）（**惟光**の娘）腹の**六の君**を匂宮か薫のどちらかと結婚させたいと考え、**落葉の宮**の養女にします。

◉光源氏なき世界の新しいヒーローは、等身大の人間だった！

「匂兵部卿（におうひょうぶきょう）」巻は、「光隠れたまひにし後」と語り出されます。物語は、光源氏没後を「光」が隠れた世界としながら、**「匂ふ兵部卿」と「薫る中将」とをその光なき世界の新しいヒーローとする**のです。

匂宮（におうみや）は、今上帝と光源氏の娘である明石の中宮との間に生まれた第三皇子（三の宮）です。幼い頃から紫の上に愛育され、「御法（みのり）」巻では、死の直前に紫の上から二条院の紅梅と桜とを託されていましたが、この「匂兵部卿」巻では、冷泉院の女一の宮に思いを寄せるさまが描かれ、**光源氏のいろごのみの資質を受け継ぐ人物**として語られています。一方の薫は、表向きは光源氏と女三の宮の子息ですが、実は柏木と女三の宮との密通によって生まれた罪の子です。「柏木」巻で誕生し、「横笛」巻では筍にかじりつく無邪気な姿も語られていましたが、この巻では**自身の出生に疑問を抱き、権勢や女性に興味を持てず、仏道を志す青年**として登場しています。

「にほふ」が視覚的な色つややはっきりとした香りをさすのに対して、「かをる」はほのかに漂う感じを示すことばだともいわれ、対照的なふたりの性格をよく表しています。たしかに、ふたりとも「光」に喩えられた光源氏の強烈な個性には及びません。しかし、スーパースターの物語はすでに終わり、**悩みや迷いを抱えて苦しむ等身大の人間の物語が語られていく**ことになります。

◉光源氏没後、過去の遺物となった六条院

「幻」巻の巻末で光源氏は五十二歳、薫は五歳でしたから、薫が十四歳で元服する「匂兵部卿」巻との間には**八年間の空白があり**、この間に、六条院に住む人びとも入れ替わりました。

春の町の寝殿は、三条宮に移った女三の宮のかわりに、東宮の弟である二の宮が里邸として使っており、紫の上が住んでいた東の対には二の宮と同じ明石の中宮腹の女一の宮が住んでいます。夏の町の花散里が二条東院に移住した後には夕霧が落葉の宮を迎えていますが、二条院にはやはり明石の中宮が生んだ三の宮（匂宮）が住んでいますから、六条院は、二条院とともに「ただ一人の末のためなりけり（ただ明石の君ひとりの子孫のためだった）」と記されるように、明石の君の孫にあたる明石の中宮の皇子たちによって占められているといえます。

しかし、だからといって光源氏没後の六条院が相変わらず栄えているというわけではありません。女一の宮や匂宮が六条院や二条院に住むのは紫の上を偲んでのことですし、夕霧が六条院に落葉の宮を迎えたのは寂れていくのが耐えられなかったためです。光源氏亡き後の六条院は、過去の遺物となり、主人なきままにそのかたちを残しているにすぎないのです。

◉夕霧の几帳面さが光源氏亡き後の家の将来を守る

光源氏の長男である夕霧は、四十歳を迎え、右大臣となっていますが、権力者になっても「まめ人（真面目な人）」の性格は変わらず、政治基盤の安定化にもすきがありません。大勢の娘を儲けていた夕霧は、長女を東宮に、次女を二の宮にそれぞれ入内させています。二の宮は次期東宮候補とされていますので、それを見越して代々の帝の外戚となるべく手を打っているわけですが、そのうえ匂宮にも娘を嫁がせようとしていることから、さらにその先のことも視野に入れているようです。**六条院に迎えた落葉の宮と三条邸の雲居雁のもとにそれぞれ十五日ずつ通う**など、とても几帳面な夕霧ですが、その性格があってこそ光源氏亡き後の家の将来は守られていくのです。

STORY

四十三 紅梅（こうばい）

致仕の大臣の没後

あの方を継ぐのは
この宮しかいない

ものがたり▼ 薫二十四歳の年のことです。故**致仕の大臣**（かつての**頭中将**）の次男で、故**柏木**の弟にあたる**按察大納言**（**紅梅**）には、ふたり北の方がいました。もとの北の方は亡くなって、今は故**蛍兵部卿宮**の北の方であった**真木柱**（**鬚黒**の娘）を北の方としています。もとの北の方との間にはふたりの姫君（**大君、中の君**）がおり、真木柱との間には男子（**大夫の君**）が生まれます。真木柱には故蛍兵部卿宮との間に生まれた連れ子（**宮の御方**）もいますが、ともに暮らしています。

大君（**麗景殿女御**）を**東宮**に入内させた紅梅は、中の君を**匂宮**と結婚させたいと考えています。紅梅は、宮の御方も自身の姫君と同じように遇しようとしつつ、恋の対象としても関心を寄せますが、内気な宮の御方は姿さえ見せようとしません。

紅梅は、紅梅の花とともに匂宮に中の君との結婚への期待をほのめかす手紙を送りますが、匂宮が心ひかれているのは宮の御方のほうでした。匂宮は大夫の君を介して宮の御方に手紙を送りますが、宮の御方には結婚する気持ちはありません。真木柱は匂宮との結婚を認めつつも、宇治にも通う匂宮の浮ついた気性に不安を抱きます。

◉光源氏への憧れを持ちつつ藤原氏を代表する紅梅

「紅梅」巻で按察大納言として登場する紅梅は、故致仕の大臣の次男で、母はかつての右大臣の四の君です。故柏木や冷泉帝に入内した弘徽殿女御とは同腹で、これまでも美声の持ち主としてたびたび物語に登場してきました。最初の登場場面は「賢木」巻で、父が韻塞ぎ（漢詩の隠された韻事をあてる遊び）の負態（勝負に負けた方による勝者の饗応）をする折に、八、九歳の童として笙の笛を吹き、催馬楽の「高砂」を歌って光源氏から御衣をもらっています。この「紅梅」巻で紅梅が「御盛りの大将」として回想するのは、このころの光源氏のことです。中の君を匂宮と結婚させたいと願う理由のひとつには光源氏へのいつまでも変わらぬ憧れもあるのでしょう。

その一方、紅梅は、兄の柏木亡き後の故致仕の大臣家を継ぐ立場にもあり、「春日の神の御ことわり（皇后は藤原氏から立つべきであるとする春日明神のご託宣）」を念頭に置きつつ、以前父が冷泉帝の中宮争いで敗れた屈辱を晴らすために大君を東宮に入内させます。紅梅は、かつての右大臣の孫でもありますので、藤原氏を代表し、その意思を実現させる使命を負った人物なのです。

ところが、匂宮は中の君には関心を寄せることなくその話は立ち消えとなり、大君（麗景殿女御(れいけいでんにょうご)）の中宮争いもその後あまり語られることはありません。**「紅梅」巻は新たな物語の展開を期待させながら、収束してしまう**ところにその特徴があります。

◉中宮にもなれたかもしれない真木柱の曲折した人生

紅梅大納言の後妻となっている真木柱は、鬚黒の娘です。母は式部卿宮の娘で、もののけに取り憑かれ鬚黒に灰を浴びせかけたあの北の方です。「真木柱」巻で、鬚黒が玉鬘と結婚したことを激怒した祖父式部卿宮によって引き取られ、その後、「若菜下」巻で、鬚黒が引き取りを申し出ますが、式部卿宮は頑として許しませんでした。

この時、鬚黒が真木柱を引き取ろうと希望した理由は、玉鬘との間には男の子だけで「さうざうし（物足りない）」という状態だからと説明されますが、もちろん自身の娘を入内させて外戚としての立場を得ようとの思惑もありました。真木柱は鬚黒のもとで育てられていたら、中宮にもなれたかもしれない女性だったわけですが、式部卿宮は真木柱を手放さずに蛍兵部卿宮(ほたるひょうぶきょうのみや)との結婚を許してしまいます。その結果、真木柱は、亡き北の方を忘れられぬ宮からの愛をあまり受けることがないまま死別し、紅

梅と再婚するという不遇な人生を歩まねばならなかったのです。
　玉鬘という継母の問題で苦しんだ真木柱が、今度は継母として紅梅の大君の入内に付き添う姿は、その紆余曲折した人生を象徴しているようです。

◉中途半端に幕を下ろす宮の御方の物語

「紅梅」巻で登場する姫君のうち、最も興味深いのがやはり**宮の御方**です。父は蛍兵部卿宮、母は式部卿宮の孫である真木柱という高貴な血筋の生まれで、父や曾祖父からの「御宝物」を相続しながら、**「もの恥ぢ（人見知り）」をする性格で母親に姿さえ見せず、結婚についてもまったく興味を示さないという人物設定**は、やや盛り込みすぎの感もありますが、個性的な人物だといえます。また、実父を亡くして、継父のもとで育てられていることや、継父が実子との結婚を望んでいる相手がこの宮の御方に心寄せているという状況は、今後の展開を期待させます。ただ、「紅梅」巻では継父の関心がかすかに示されるだけで、ほとんど展開がないまま中途半端に宮の御方をめぐる物語は終わります。宮の御方で提示された物語の可能性は、後に宇治(うじ)の姫君と浮舟(うきふね)の物語で本格的に語られることになるのです。

STORY

四十四 竹河(たけかわ)

鬚黒の没後

もし夫が生きていたら息子たちだって

ものがたり▼ 鬚黒亡き後、**玉鬘**には三人の息子(**左近中将**(さこんのちゅうじょう)、**右中弁**(うちゅうべん)、**藤侍従**(とうじじゅう))と二人の姫君(**大君**、**中の君**)が残されますが、玉鬘は姫君たちの処遇をめぐって思い悩みます。姫君たちには**今上帝**や**冷泉院**から入内の催促があり、**蔵人少将**(くろうどのしょうしょう)(**夕霧**の子息)も熱心に求婚しますが、冷泉院に負い目のある玉鬘は大君を冷泉院にとも考えます。

十五歳の年の正月、玉鬘邸を訪れた**薫**は和琴を弾いて称賛されます。三月、桜を賭け物にして囲碁を打つ大君と中の君の姿を垣間見た蔵人少将はますます恋心を募らせます。しかし、四月九日、大君は冷泉院に入内してしまいます。意向を無視されたかたちの今上帝は不満を漏らし、左近中将や右中弁は母の玉鬘を責めます。

翌年の正月十四日、男踏歌(おとこどうか)に加わって薫や蔵人少将は未練を抱きつつ冷泉院に出向きます。四月、大君は女宮を出産し、今上帝の不興を気にした玉鬘は中の君を尚侍(ないしのかみ)として出仕させます。数年後、男宮を産んだ大君は、**弘徽殿女御**(こきでんのにょうご)たちから嫉妬され、里下がりが多くなり、玉鬘は思うようにならない有り様を嘆くのでした。

薫二十三歳の年、夕霧が左大臣、**紅梅**が右大臣となり、薫は中納言に昇進しました。

◉玉鬘の判断はやむを得ないものだった？

「竹河（たけかわ）」巻は、故鬚黒家に仕える老女房の問わず語りという体裁をとり、夫を亡くした玉鬘が、ふたりの姫君のうち、とくに大君の行く末を思ってひとり苦悩する姿を語っていきます。結果として、**大君を冷泉院に参内させた玉鬘の判断は、大君を苦悩させ、今上帝の不興を買い、息子たちから責められ、玉鬘自身後悔するといった結果を招く**ことになるのですが、では玉鬘はどうすればよかったのでしょうか？

故鬚黒家の将来を考えた場合、最善の方策は今上帝に入内させることでしょう。事実、生前の鬚黒もそれを望んでいました。しかし今上帝の後宮には明石の中宮がいますので、玉鬘はその威勢に圧倒されてしまうと考えたのです。では、蔵人少将はどうでしょうか？　玉鬘にとって、血縁にあたる夕霧は唯一頼ることができる人物です。故鬚黒家のこれからを考えても、右大臣である夕霧の子息との結婚は悪い話ではありません。でも、**玉鬘は臣下との結婚に二の足を踏みます。**

冷泉院への入内は家の将来にプラスになる要素はほとんどありませんし、弘徽殿女御（こきでんのにょうご）の勧めはあったものの後の関係悪化も予見できないものではありませんでした。結局のところ、玉鬘は冷泉院との過去に囚われてしまったのです。けれども、それも、しかるべき宿世(すくせ)ということなのでしょう。

◉蔵人少将は主人公失格!?

大君に求婚してくる蔵人少将には、**女三の宮との恋の果てに亡くなった柏木との多くの共通性**が指摘されています。たとえば、蔵人少将が桜のもとで垣間見した時、大君は「桜の細長(ほそなが)(桜襲(さくらがさね)の身幅の細い着物)」を着ていましたが、同じく桜の季節に柏木に垣間見られた女三の宮も「桜の織物の細長」を身につけていました。また、柏木が女三の宮に「あはれ」の一言を求めていたように、蔵人少将も大君に「あはれ」ということばを求めており、もし蔵人少将が冷泉院に入内した大君と密通して死んでしまったら、柏木物語と同じような物語がふたたび語られることになってしまいます。

さすがに、蔵人少将は、密通を犯すことも、恋に死ぬこともなく、柏木物語の二番煎じからは免れます。しかし、結局、蔵人少将は、いつまでも大君を恋い慕うものの、自身ではどうすることもできずに母親の雲居雁や大君の侍女に泣きつくばかりという不甲斐ない人物として描かれることになってしまいます。これでは物語の主人公とし

ては失格です。

◉本能的に恋を恐れる薫

この「竹河」巻では、薫は「まめ人（真面目な人）」として描かれています。玉鬘に「まめ人」と呼ばれたことを情けなく思い、「すき者（好色な者）」をまねてみようと玉鬘邸をふたたび訪れた薫は、大君を恋い慕う蔵人少将と出くわして、人が認めない恋の路に踏み込むことは「罪深かるべきわざ（罪深いに違いないこと）」だと考えます。「すき者」のまねをしてみようとすること自体、薫の「まめ人」ぶりを示すものですが、薫は「まめ人」というよりは、恋そのものに本能的な恐れを感じているようで、そこには、やはり恋に殉じた柏木の影響が考えられます。

玉鬘は薫が柏木と似ていることを口にしますが、玉鬘は薫の出生の秘密を知りませんし、**光源氏の一族から離れた語り手が語るこの「竹河」巻では、薫は光源氏の実子として扱われています**。けれども、たとえそうだとしても薫は、実の父である柏木の存在から逃れることができません。宿命を背負い、恋を「罪」だと感じる薫にはどのような恋が待ち受けているのでしょうか？　いよいよ物語の舞台は宇治に移ります。

平安時代の遊び

平安時代には、音楽の「あそび」のほか、「あそびわざ」と呼ばれる遊戯や娯楽がありました。ここではその一部を紹介します。

屋内の遊び

管絃の遊び

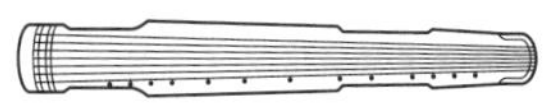
琴（きん）

箏（そう・しょう）

和琴（わごん）

琵琶（びわ）

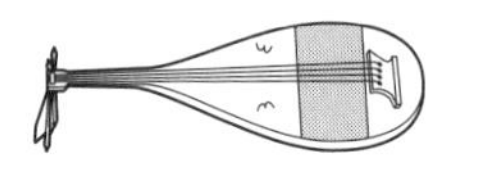
横笛（よこぶえ）

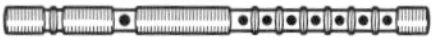

盤上の遊び

碁（ご）
男女問わず盛んに行われた。

双六（すごろく）
サイコロをふって石を進め、先にすべての石を相手の陣地に入れた方が勝ち。

屋外の遊び

蹴鞠（けまり）
鹿革の鞠を足で蹴り上げ続ける。

小弓（こゆみ）
遊びとして、弓の競射を楽しむもの。

（秋山虔他編『源氏物語図典』小学館などを参考に作成）

第八章 宇治

Uji

「橋姫」「椎本」
「総角」「早蕨」
「宿木」「東屋」
「浮舟」「蜻蛉」
「手習」「夢浮橋」

Hashihime, Shiigamoto, Agemaki, Sawarabi, Yadorigi, Azumaya, Ukifune, Kagerou, Tenarai, Yumenoukihashi

❖ 宇治十帖は、まるで近代小説!?

「橋姫（はしひめ）」巻から「夢浮橋（ゆめのうきはし）」巻までの十帖を**宇治（うじ）十帖**といいます。舞台を宇治に移し、宗教的な雰囲気が深まるなか、薫と匂宮というふたりの男性と、大君、中の君、そして浮舟という女性たちを主人公として、**叶わぬ思いやままならぬ関係に苦悩する人びとの姿**が語られます。評論家の山本健吉は、『古典と現代文学』のなかで、「日本の小説は、『源氏物語』の内部において、もっとも素朴なものから発展して、最後に、もっとも近代的な『宇治十帖』の世界に到達した」と、源氏物語のなかに小説史があることを述べていますが、**すれ違う心が悲劇を呼びこみ、人びとを翻弄していく宇治十帖の物語展開は、まさに近代小説を思わせます。**

❖ 大君、中の君、浮舟の物語が順を追って語られていく

宇治十帖では、大君、中の君、浮舟という宇治の三姉妹の物語が順を追って展開していきます。「**橋姫**」巻では、大君と中の君が薫に垣間見られることによって物語のヒロインとして登場してきますが、「**椎本（しいがもと）**」巻では、父八の宮がそのふたりに厳しい

訓戒を残して亡くなります。「**総角**（あげまき）」巻では、大君を振り向かせようと薫が一計を案じて匂宮と中の君を結婚させるものの、大君は亡くなってしまい、大君物語は終わりを告げます。続く「**早蕨**（さわらび）」巻では、大君追慕とともに匂宮による中の君の都への移住が語られ、「**宿木**（やどりぎ）」巻では、都での中の君の苦悩と懐妊などが描かれた後に浮舟が現れて、**中の君物語が終わり、浮舟物語にバトンを渡す**ことになります。「**東屋**（あずまや）」巻で、浮舟にふりかかる悲運が描かれた後、「**浮舟**（うきふね）」巻では苦悩の果てに浮舟が入水を決意するまでが語られ、「**蜻蛉**（かげろう）」巻では浮舟失踪後の世界が薫側から、「**手習**（てならい）」巻ではそれと並行する時間が浮舟側から描かれた後、「**夢浮橋**」巻での結末を迎えます。

❖ 源氏物語は現在も新たな姿を見せ続ける

源氏物語は「夢浮橋」巻で完結します。しかし、源氏物語は現在も、与謝野晶子、谷崎潤一郎、円地文子をはじめ、田辺聖子、橋本治、瀬戸内寂聴といった多くの作家による現代語訳のほか、映画やドラマ、マンガやアニメなど、さまざまなジャンルで翻訳・翻案され、新たな姿を見せ続けています。

STORY

四十五 橋姫

宇治の姫君たちとの出会い

宇治は霧深いところです

ものがたり▼ そのころ、宇治では**桐壺院**の第八皇子（**八の宮**）が世間から忘れられて暮らしていました。八の宮は、**冷泉院**が東宮だった時期に、東宮を廃そうとする**弘徽殿大后**方の策略に利用され、**光源氏**復権後は不遇をかこつことになりました。その後、**北の方**も亡くし、ふたりの姫君（**大君**、**中の君**）を男手ひとつで養育していましたが、京の邸の焼失を機に、宇治の山荘に移って**阿闍梨**を師として仏道修行の道へと進みます。阿闍梨から八の宮のことを聞いた**薫**は、宇治に通うようになります。

二十二歳の秋、八の宮の留守中に宇治を訪れた薫は、月の光のもと、琴を合奏する大君と中の君を垣間見ます。心ひかれた薫は、対応に出た大君とことばを交わしますが、代わって出て来た**弁**という老女房に「自分は故**柏木**の乳母子であり、故柏木の遺言を伝えたい」と告げられて、再会を約束して帰ります。

十月、宇治を訪れた薫に、八の宮は亡き後の姫君たちの後見を託します。その後、弁と対面した薫は、故柏木と母**女三の宮**との密通や出生の秘密を聞き、故柏木の遺書を手渡されます。帰京して母宮を訪れた薫は、重い事実に思い悩むばかりでした。

◉八の宮のなかに存在する宮家の誇りと仏道への志向

「橋姫（はしひめ）」巻では、新たに八の宮が登場してきます。桐壺院の第八皇子であり、母も大臣家出身の女御であったため、朱雀院即位時には、桐壺院の第十皇子として扱われる冷泉院ではなく、この八の宮が東宮に立っても不思議ではありませんでした。朱雀院にまだ皇子がおらず、**光源氏方が勢力を失っていたころ、弘徽殿大后たちが冷泉院を東宮から下ろして八の宮を東宮に立てようとした**のも、かなり実現性の高い計略だったといえます。

しかし、光源氏の復権によって、その計略は水泡に帰します。八の宮は帝になれなかったばかりか、反逆者側の者として、宇治の別荘にふたりの娘とともに引き籠もらざるを得ませんでした。都世界の中心が光源氏の子孫たちに占められているかぎり、そこに八の宮の居場所はありません。

八の宮は、帝位に近い存在でありながら、その座を諦めるしかありませんでした。けれども宮家の誇りは消えることはなく、むしろ八の宮を仏道修行に駆り立てていきます。出家はせず在俗のまま仏道修行に専念しているころから「俗聖（ぞくひじり）」と呼ばれる八の宮ですが、**この人物のなかには、宮家の誇りと仏道への志向とが存在しています。**
こうした八の宮のあり方が、姫君たちの人生にも強い影響を与えていくのです。

◉大君と中の君、どっちがどっち？

八の宮には、**大君**（おおいぎみ）と**中の君**（なかのきみ）というふたりの姫君がいました。**八の宮のもとに通うようになった薫がこのふたりを垣間見るところから宇治の物語が動き出します。**

薫が姫君たちを垣間見た時、ひとりは琵琶を前に置き、もうひとりは琴の上に覆いかぶさるようにしていました。これ以前の記述では、八の宮は大君に琵琶を、中の君には箏（しょう）の琴（こと）を教えているとありましたので、前者が大君、後者が中の君とも思われますが、ふたりを見た薫は、琵琶の前の姫君を「いみじくらうたげににほひやかなるべし（たいそうかわいらしくつややかな美しさがある方のようだ）」とし、箏の琴の前の姫君を「いますこし重りかによしづきたり（前の姫君よりも少し重々しく由緒ありげだ）」としています。後の物語に描かれるふたりの性格からすれば、前者は中の君、後者は大君と判断することができます。この時は普段用いる楽器を交換していたのでしょうが、霧につつまれた情景といい、これからはじまるゆくえの見えない物語を象徴しているかのような印象的なシーンです。

◉柏木の文袋が薫に真実をつきつける

薫は、弁という老女房から自身の出生の秘密を聞きます。柏木の乳母子であり、柏木の臨終にも立ち会ったというこの人物は、秘密を話した後、薫に柏木から受け取った袋を手渡します。袋には柏木の名を書いた封がしてあり、なかには女三の宮からの返事が五、六通と、**生まれた子ども（薫）の将来を思う柏木の絶筆**が入っていました。いわゆる動かぬ証拠というものですが、どうしてそれらは袋に入っていたのでしょうか？

当時、大切な文書は文袋に入れ首から掛けて保存することもありましたので、柏木は女三の宮からの手紙を肌身離さず持っており、死の直前、自身の絶筆もそこに入れたのでしょう。その袋は、まさに柏木の情念が封じ込められたものです。袋を開ける時、薫は「恐ろし」と感じますが、そのような袋に入った手紙の内容を疑えるはずはありません。柏木の文袋は、二十二年の時を超えて、その息子である薫の手元に届けられ、逃れようもない真実をつきつけたのです。

STORY

四十六 椎本（しいがもと）

八の宮の死

ここから離れてはいけないよ

ものがたり▼ **薫**二十三歳の年の二月二十日ごろ、薫の話から宇治の姫君たちに興味を抱いた**匂宮**（におうみや）は、初瀬詣での帰路、宇治川をはさんで**八の宮**邸の対岸の**夕霧**の別邸に泊まります。迎えに来た薫や貴公子たちも加わって管絃の遊びとなり、その音を聞いて昔を懐かしんだ八の宮は薫に手紙を送りますが、その返事は匂宮が書きます。以後、匂宮から頻繁に手紙が寄せられますが、八の宮は返事を**中の君**に書かせるのでした。

秋、中納言となって宇治を訪れた薫に、八の宮はふたたび姫君たちの後見を託します。秋が深まり、死期を悟った八の宮は、姫君たちに訓戒を残して**阿闍梨**の山寺に籠もり、八月二十日ごろ亡くなってしまいます。姫君たちは亡骸（なきがら）との対面を願いますが、阿闍梨は許しません。薫は、悲嘆に暮れる姫君たちを訪れて法事の世話などをし、匂宮もたびたび手紙を送りますが返事はありませんでした。九月、宇治を訪れた薫は、**大君**（おおいぎみ）と歌を詠み交わします。年末、雪が降り積もった宇治を訪れた薫は、匂宮の思いを代弁しながら、大君に自身の恋情を訴えますが、大君は取り合おうとはしません。

翌年の春、匂宮は薫に仲介をせがみ、夏、薫は喪服姿の姫君たちを垣間見ます。

◉はたして八の宮の本心はどこにあるのか？

「橋姫」巻で、八の宮のことをはじめて聞いた薫は八の宮の「俗聖（ぞくひじり）」のあり方に憧れを抱き、八の宮も若くて何不自由のない薫の仏道への志に感心します。

光源氏の子息でありながら実際はそうではない薫と、光源氏の弟でありながら光源氏の勢力から疎外された八の宮は、**光源氏世界の異端児的存在であるという点で似ている**といえます。そのふたりが「俗」のまま「聖」を志向するという点で共感し合うのもたんなる偶然ではないでしょう。ただ、薫には八の宮のなかにある「俗」への執着が見えていませんし、八の宮には薫が「聖」を志向するほんとうの理由がわかりません。ふたりはお互いの深いところにあるものを理解することなく、「俗聖」というあり方に共感し、「法（のり）の友」として交流し合っているのです。

死期を悟った八の宮は、自分の死後の姫君たちの後見をあらためて薫に依頼しますが、結婚のことまでは口にしません。一方の薫も後見は約束するものの「いずれは出家する身であるため、頼りにはなりませんが」と遠慮がちな返答に終始します。「法の友」であるふたりは、互いにその心の奥に踏み込むことをためらい、自身の思いを相手に感じとってもらうことを期待します。薫は八の宮に大君との結婚を許されたと感じますが、はたして**八の宮はふたりの結婚を本心から望んでいたのでしょうか?**しかし、八の宮はその答えをことばにすることなく、この世を後にします。

◉八の宮の遺言は大君を苦悩の道へと導く

八の宮は姫君たちにも訓戒を残した後、山寺に入って亡くなりますが、八の宮の遺言となったその訓戒は、亡き母の名誉を汚してはいけない、信頼できる人のもとへ嫁ぐのでなければ宇治から離れてはいけない、他の人とは違う身と考えてここで生涯を終えるつもりになれというものでした。八の宮は、姫君たちに結婚することなく宇治で生涯を終えることを命じているわけですから、薫に後見を依頼したことと矛盾しているようにも見えます。けれども、「おぼろけのよすがならで（信頼できる人がいなければ）」という条件がついていることがポイントです。この遺言がいわんとすることは、結局、いい加減な結婚はするなということで、結婚そのものを禁止しているわけではないのでしょう。

しかし、この遺言をひとつの盾として、**大君は薫との結婚を拒絶し、宇治から離れ**

ないまま亡くなります。さまざまな苦境を経てきた八の宮には、宮家の体面を保つこと以外に望むこともなく、その遺言は、成し遂げるべき確かなビジョンがないことが特徴です。けれども、薫への後見の依頼と同様、八の宮の真意は別として、その**ことばの曖昧さが大君を苦悩の道へと導いていく**ことになります。

◉大君への恋情の告白は薫らしいものだった!?

八の宮から姫君たちの後見を託された薫は、結婚を許されたと認識しますが、かといって急ぐ気にはなれません。しかし、一方では、結婚しないという選択肢はないとも考え、すでに大君がわがものになったかのようにも感じています。**さまざまな思いを抱きつつ、結果として何の行動も起こさない**というあたりは、**薫という人物の特性**を示していますが、八の宮が亡くなると、にわかに大君への恋心が高まってきます。

ただ、その恋情の伝え方もやや複雑です。薫は、八の宮からの依頼を受けたことをちらつかせながら、匂宮の中の君への執心を弁護し、匂宮の恋より前に自身の大君への恋を成就させたいと訴えます。**自分の気持ちを率直に伝えるのではなく、いい訳めいた口ぶりで長々と語られる告白は、やはり薫らしい**ものだといえます。

STORY

四十七 総角（あげまき）

大君の死

ものが枯れていくように

ものがたり▼ 二十四歳の年の八月、**八の宮**の一周忌の準備のために宇治を訪れた**薫**は、**大君**（おおいぎみ）の側近くへ迫り恋情を訴えますが、大君の拒絶にあい、添い臥したまま夜を明かします。大君は、自身は独身を貫き、**中の君**を薫と結婚させようと決意します。

八の宮の喪が明け、宇治を訪れた薫は女房の手引きで大君と中の君の寝所に忍び入りますが、大君は逃げてしまい、そのまま何事もなく中の君と一夜を明かします。大君への思いを遂げるため、薫は謀って中の君のもとに**匂宮**を導きますが、それを知って恨む大君に拒まれます。三日間はなんとか宇治に通った匂宮ですが、母の**明石の中宮**に諫められ、宇治に出向くことができません。十月には紅葉狩りを催して、中の君のもとを訪れようとしますが、大勢の供人を派遣され、断念せざるを得ません。

都で進む匂宮と**夕霧**の**六の君**との縁談の噂を聞いた大君は、心労のため、病に伏し、薫の看病もむなしく、十一月の中旬、薫に見守られながら、ものが枯れていくように亡くなってしまいます。薫は大君を追慕し、匂宮も弔問に訪れます。母中宮の許しを得た匂宮は、中の君を都に引き取ることを決意するのでした。

◉大君は、薫との結婚を拒否したのではなく、断念した？

大君(おおいぎみ)は薫からの恋情を拒絶し続けます。男性からの求婚を拒否する女性の物語のパターンは、「いなみ妻型」とも呼ばれ、古代社会で神の嫁として人間の男性との交渉を避けるという習俗が背景にあるといわれます。竹取物語のかぐや姫を典型として、源氏物語でも空蟬(うつせみ)や朝顔の姫君などにもその投影が指摘されていますが、大君はなぜそのような生き方を選び取ったのでしょうか？

強引に側近くに入り込んだ薫と何事もなく一夜を過ごした大君は、自分より盛りにある中の君と薫との結婚を進め、中の君の後見をしようと考えます。そして、立派過ぎる薫は自分には不似合いだとして、「わが世はかくて過ぐしはててむ（わたしはこのまま最後まで独身を通そう）」と決意します。薫が二十四歳であるこの年、大君は二十六歳、中の君は二十四歳ですから、年齢を気にする心情も理解できますし、父八の宮亡き後、大君が後見をつとめなくてはならないという理屈もわかります。しかし、大君は薫がもし世間並みの平凡な人物であれば結婚もあり得たとも考えています。大君は**薫との結婚を拒否したのではなく、断念した**といった方がよいのかもしれません。

◉死へと追いつめられていく大君

大君のなかに、父八の宮から受け継いだ宮家の誇りがあったことは確かです。また、父の遺言も大君の考え方を支えるものとなっています。しかし、結婚を諦めるに至る大君の思考は複雑です。実事なきまま薫と一夜を過ごした大君は、男女の間柄とならなくとも月や花を「同じ心」で楽しめればよいとする薫に対して、物を隔てて語り合うからこそ「心の隔て」はなくなるのだと応じます。男女の仲を超えて「同じ心」を共有することは大君も理想とするところで、その意味で大君の結婚相手は薫しかいないといえます。しかし、大君は、**男女の仲にはならない清らかな関係だからこそ「同じ心」を持てる**と考えており、**薫はその理想を叶えられるたったひとりの人物**でした。大君は、薫と深く心を通わせるためには、結婚は断念すべきだと考えたのです。

こうした**大君の恋愛観は、周囲の女房をはじめ、薫にさえ理解されません**。薫は、中の君を匂宮と結婚させれば大君の心も変わるだろうと一計を案じ、それを実行に移します。薫という人物の俗物性が大君を孤立させ、匂宮と結婚した中の君の不如意さが大君に男女の仲を絶望的なものとして確信させていきます。結果として、紅葉狩り

の不首尾や、六の君との縁談の噂などは、大君の誤解だったわけですが、それらを誤解してしまうほど大君は追いつめられていたのであり、追いつめられるほど誤解を増幅させざるを得ないという悪循環のなかに取り込まれていたのです。そして、出口のない苦悩が大君を死へと誘います。

◉大君は死にゆくものの苦しさと美しさとを見せつける

死の床についた大君を看取ったのは、薫です。大君の手をとり、身体に帯びた熱を感じながら、耳元に口をあてて相変わらずくどくどと愛情をささやく薫を、大君はうっとうしくも気づまりに感じて袖で顔を隠してしまいます。それでも自分の死後に情愛を理解できない女だと思われることを潔しとしない大君には、薫をむげに遠ざけることもできません。中の君のことを頼んだ後、臨終の苦しい様子を見せ、大君は「もののの枯れゆくやうにて」亡くなります。しかし、その死顔はただ寝ているようであり、髪をとかすとふっと大君の香りが匂い立ちます。

大君は、死にゆくものの苦しさと美しさとをいかんなく薫に見せつけ、永遠に忘れることのできない記憶を薫の脳裏に残して、この世を去っていったのです。

STORY

四十八 早蕨（さわらび）

中の君の上京

取り返すことはできないものか？

ものがたり▼ **薫**二十五歳の年の春、**大君**（おおいぎみ）を失って傷心の**中の君**のもとに、**阿闍梨**のもとから蕨（わらび）や土筆（つくし）が送られてきます。物思いによって面痩せた中の君は、亡き大君に似ています。女房たちは、中の君と薫が結婚すればよかったのにと残念がります。

薫は大君を失った悲しみを**匂宮**（におうみや）に訴えて心を慰めています。中の君を都に移すことを相談する匂宮に、薫は中の君への未練を感じながらも協力を惜しみません。

京への転居は二月上旬と決まりましたが、中の君は宇治を離れるのを心細く思います。上京の前日に訪れた薫は、大君の面影を宿す中の君を他人のものにしてしまったことを悔やみますが、表には出しません。**弁**（べん）は尼姿となって宇治に残ります。

二月七日、中の君は上京して二条院に入ります。**六の君**と匂宮との結婚をこの二月に行おうと考えていた**夕霧**は不愉快に思いますが、世間体を考えて六の君の裳着（もぎ）を延期することなく盛大に執り行います。夕霧は、いっそ薫を六の君の婿にとも思いますが、薫は断ります。匂宮と中の君との仲睦まじい姿に薫は嫉妬し、匂宮も薫と中の君との仲を疑います。その状況に中の君も困り果てるのでした。

◉「早蕨」巻からはじまる中の君物語

「橋姫」「椎本」「総角」巻で語られてきた大君物語は、大君の死去によって幕を下ろします。「早蕨」**巻はその大君の追慕を基調とした巻**だといえますが、同時に**中の君物語がはじまる巻**でもあります。

中の君は、「橋姫」巻で薫による垣間見の場面から、落ち着いて由緒ありげな大君に対して、明るく華やかな中の君という構図のなかで対照的に描かれてきましたが、この「早蕨」巻では、むしろ大君と似ている点がクローズアップされ、大君を失った薫の思慕もそこへ向けられます。**薫と大君、匂宮と中の君という二組の男女の関係は、大君が亡くなって、いわゆる三角関係になり、**とくに中の君が匂宮に引き取られて二条院に入ったことで、三者がそれぞれに顔を合わせる機会が増え、二人の間にはさまれる中の君の立場が明確になります。匂宮に厚遇される様子を見るほどに薫は中の君への思いを強め、匂宮の疑いを引き起こします。中の君はその間にあって困惑するばかりです。

物語は舞台を宇治から都に移し、あらたな人間関係を語り出します。

◉中の君は大君と浮舟のつなぎ役？

中の君物語は、薫を拒み続けて死んでしまう大君物語や、後に薫と匂宮との間でゆれながら入水を決意する浮舟物語と比べて劇的な要素に乏しいこともあり、大君物語と浮舟物語とをつなぐ役割を果たしているにすぎないともされます。

しかし、中の君は主人公としての資質を持った登場人物だといえます。中の君の母北の方は、中の君出産後、自分の「形見」として養育してほしいとのことばを八の宮に残して死去したと語られていましたし、八の宮亡き後は姉大君が中の君を全面的に後見し、故八の宮の霊も中の君の夢枕に立ちます。いわば、中の君は八の宮家の人びとの守護を受けて養育されてきた姫君であり、たとえば、明石の入道の夢の実現にむけて数奇な運命をたどった明石の君のように、八の宮家の遺志を背負って生きる物語の主人公として描かれてもよい人物です。

宇治を離れて都世界に入った中の君は、匂宮の子を産みますが、将来この子が帝になれば、帝になれなかった八の宮の無念をはらすことになります。けれども、八の宮は子孫を帝にせよとの遺言を中の君に残しませんでした。さまざまなことを諦めざるを得なかった父八の宮は、夢の実現を子孫に託した明石の入道とは違い、宮家の誇りを保つこと以外に将来のビジョンを娘たちに示すことができませんでした。中の君はめざすものが見えないまま、都世界に入っていくことになります。

◉都世界での中の君は匂宮の愛情だけが頼り

父の今上帝や母の明石の中宮は、将来の東宮候補である匂宮に期待を寄せており、宇治に出かけることを快く思っていませんでした。とくに明石の中宮は、匂宮の結婚問題については事細かに注意をし、管理しようとします。明石の中宮は、「総角（あげまき）」巻で、匂宮が宇治への紅葉狩りにかこつけて中の君と逢おうとした折に夕霧の子息たちを派遣し、結果としてその計画を阻みましたが、夕霧の六の君との縁談をめぐっては「まずは正妻をもうけておいて、そのほかに逢いたい女性がいるのであれば召人（めしうど）にすればよい」と匂宮に訓戒します。**匂宮が中の君を二条院に迎えるのも、実は明石の中宮のアドバイスによるものです。**二条院に迎えられて都世界に入った中の君は、匂宮に厚遇されて世間から注目されますが、反面、匂宮の愛情だけを頼りとせざるを得ない不安定な立場に置かれたともいえるのです。

STORY

四十九 宿木（やどりぎ）

中の君の苦悩

わたしを宇治に連れてって！

ものがたり▼ 物語は、**薫**二十四歳の年に遡ります。そのころ、**今上帝**から故**藤壺女御**の娘である**女二の宮**との結婚の意向がほのめかされますが、薫は気が進みません。

薫二十五歳の年の八月、**匂宮**（におうみや）は**六の君**と結婚し、しだいに心を移すようになります。すでに懐妊していた**中の君**は悲嘆し、慰める薫に宇治に連れていってくれるよう懇願します。薫は気持ちを抑えることができず、御簾の下から中の君の袖をとらえますが、懐妊を示す腹帯に気づき、思いとどまります。久しぶりに中の君のもとを訪れた匂宮は、中の君に染みついた薫の移り香に気づき、ふたりの仲を疑います。

薫の恋情をわずらわしく思う中の君は、宇治の邸宅に**大君**の人形（ひとがた）を作って安置したいとする薫の話を聞いて、大君に似ている異母妹の**浮舟**（うきふね）の話をします。

翌年の二月、中の君は男の子を出産し、その祝賀が盛大に行われます。同じ月の二十日過ぎには女二の宮の裳着（もぎ）が行われ、薫は女二の宮と結婚します。四月、藤の花の宴があり、女二の宮は薫の三条宮に移ります。四月二十日過ぎ、宇治を訪れた薫は、偶然、浮舟を垣間見て、驚くほど大君に似ているその容姿に衝撃を受けるのでした。

◉「宿木」巻では、都での中の君物語が語られる

「宿木（やどりぎ）」巻は、「そのころ」ということばから始まります。物語の冒頭表現としては、「むかし」「今はむかし」などが知られていますが、「そのころ」も物語の冒頭によく使われる常套的な表現といえます。**「宿木」巻は、「総角（あげまき）」巻と同じ薫二十四歳の年に遡って語り始められます**が、物語の読者は、「そのころ」とはどのようなころかということを考えながら過去へ時間を遡り、これまでの物語世界と並存する新たな物語を読みすすめることになります。

源氏物語で「そのころ」を冒頭に使う巻は、「紅梅」「橋姫」「宿木」「手習」巻の四巻で、続篇に限られています。そして、それらの巻では、たとえば「宿木」巻が「そのころ、藤壺と聞こゆるは」と記されるように、「そのころ」ということばの後に新たな人物や新たに据え直された人物が紹介され、これまでとは異なる視座から語られます。「紅梅」巻では光源氏亡き後の世界が致仕（ちじ）の大臣（おとど）（かつての頭中将）家の視座から、「橋姫」巻ではやはり光源氏亡き後の世界が宇治の視座から、「手習」巻では浮舟入水後の世界が浮舟の視座からそれぞれ語られていますが、そのような見方からすれば、**「宿木」巻は八の宮亡き後の世界を都の視座から語るもの**だといえます。

◉もし中の君が宇治に帰ったとしたら？

「宿木」巻では、都世界で匂宮と六の君との縁談が進んでいくなか、都世界に迎えられる中の君の姿が描かれますが、注意すべきは、**匂宮の縁談と同時に、薫への女二の宮の降嫁の話も語られている**ことです。

「宿木」巻のはじまりは「総角」巻と並行していますから、薫が降嫁についての今上帝の内意を受けるのは、八の宮が亡くなって薫が大君への恋情を強く訴えはじめたころです。いくら薫でも帝の意向を無視できませんから、女二の宮の降嫁はすでに既定のものだといえます。つまり大君が薫の思いを受け入れていたとしたら、匂宮と六の君との結婚に思い悩む中の君と同じ苦しみが待ち受けていたことになるのです。

苦悩する中の君は、薫との距離を縮めながら、薫に宇治に連れ帰ってほしいと訴えます。もし中の君が薫と逢瀬を持ち、宇治に帰ったら、中の君はどうなったでしょうか？　匂宮への罪の意識に苦しむのは当然ですが、女二の宮の降嫁を受けた薫との関係もどうなるかわかりません。中の君は自分たち一族のことを「命短き族」と呼んでい

ますし、宇治での入水や出家という悲劇的な展開さえも予感させます。しかし、中の君は懐妊していたことで薫と親密な関係となることなく、都世界での居場所も確保します。**中の君は「幸ひ人」になり、その悲劇は浮舟に背負わされることになるのです。**

◉匂宮は身も心も「花」のような人物だった!?

匂宮と六の君との縁談のことを聞いた薫は、匂宮は「花心（はなごころ）（華やかさにひかれる浮気心）」を持った人物だから中の君から六の君に心を移すだろうと思い、中の君に同情します。**薫の予測のとおり、匂宮は美しい六の君にしだいに魅せられていく**ことになるわけですが、匂宮の場合、その心変わりに何の屈託もないのが特徴です。六の君との結婚当夜、匂宮は、中の君のことを気の毒に思う一方で、このうえなく香を焚きしめて六の君のもとに出かけており、その時すでに六の君への強い関心を抱いていたことがわかります。けれども、匂宮にとっては、どちらも正直な気持ちであり、矛盾する感情ではないのです。後の「東屋（あずまや）」巻では、浮舟の母中将の君が匂宮の姿を垣間見て「桜を折りたるさま（桜を手折ったような姿）」と評しますが、匂宮は身も心もつねに明るいもの、美しいものを求める「花」のような人物だったのです。

STORY

五十 東屋（あずまや）

浮舟の受難

あの人の身代わりとして

ものがたり▼ **薫**二十六歳の年の秋、**浮舟**の母**中将の君**（ちゅうじょうのきみ）は、**弁の尼**（べんのあま）から、薫が浮舟に心寄せていることを聞きますが、あまりの身分差に躊躇します。故**八の宮**との娘である浮舟を連れて現在は**常陸介**（ひたちのすけ）の後妻となってる中将の君は、**左近少将**（さこんのしょうしょう）を結婚相手として選びますが、常陸介の財産目当てであった左近少将は、浮舟が連れ子だと知ると一方的に破談とし、常陸介の実子にのりかえてしまいます。

浮舟の不運を嘆き、浮舟を**中の君**に預けることにした中将の君は、二条院で**匂宮**の威勢を目にして左近少将を侮蔑します。さらに薫の優雅な姿を見て、浮舟と薫との結婚を願うようになりますが、中将の君と入れ違いに帰ってきた匂宮が浮舟を目にして、言い寄ります。この時は事なきを得ますが、事情を聞いた中将の君は、浮舟を引き取って三条の小家に移します。浮舟はそこで所在なく日々を過ごします。

九月、宇治を訪れ、弁の尼から浮舟の居場所を聞いた薫は、弁に仲介を頼み、三条の小家を訪れ、浮舟と初めて契りを交わします。翌朝、薫は浮舟を宇治に連れていき、そこに隠し住まわせることにしたのでした。

◉源氏物語最後のヒロインは、さすらいの女君だった

源氏物語最後のヒロインである浮舟は、この世に生を受けた時から**さすらいが運命づけられた女君**です。「宿木」巻で、中の君から異母妹の浮舟の存在を告げられた薫は、詳細を弁の尼に尋ね、浮舟の母中将の君は、八の宮が北の方を亡くして間もないころ、召人として情けをかけられて浮舟を産んだものの、八の宮が中将の君を遠ざけて聖（ひじり）のような生活に入ったため、八の宮から離れ、陸奥守（後の常陸介）の妻になったと知るのです。親王の娘として生まれながら、父から拒絶され、受領（ずりょう）の娘として生きなければならなかった浮舟は、この「東屋」巻で、その受領の実子ではないことを理由に左近中将から破談され、母中将によって二条院へ預けられた後、匂宮に言い寄られたことを契機として三条の小家に移され、さらに薫の手によって宇治へ連れて行かれてしまいます。

自身の存立根拠となる家を持たない浮舟は、**大君（おおいぎみ）に似ているということ以外、確かなものを何ひとつ持たず、ただ他者の思惑に身をまかせていくさすらいの女君**として物語に登場するのです。

◉左近少将にとって浮舟は何の価値もない女性だった!?

浮舟にかわって常陸介の実子との結婚を希望した左近少将は、仲人にむかって、自分が求婚したのは常陸介の経済力に期待したからであって、女性の「顔容貌(かたち)」の美しさや、上品さ、優雅さというものに興味はなく、世渡りをするうえで充分な経済的支援をもたらすかどうかが重要なのだと言い放ち、かつて左近少将の父故大将に仕えていた常陸介もこの申し出を快諾します。貴族が受領の財力を求め、受領が見返りとして貴族の庇護を期待するという当時の一般的な貴族社会の、**財力こそがすべてだとする価値観からすれば、浮舟は何の価値もない女性だと断じられたに等しい**のです。

左近少将が価値を置かなかった浮舟の「さま容貌(かたち)」を埋もれさせることを惜しんだのが母中将の君です。中将の君が浮舟を二条院の中の君のもとに連れて行ったのは、浮舟を左近少将や常陸介たちの社会から離脱させ、上流貴族の社会に押し上げようとしたためです。案の定、中の君はその「容貌(かたち)」に釘付けとなります。けれども、それは大君に似ていたからで、**中の君は姉の「人形(ひとがた)」を求める薫に浮舟を勧める**のです。

◉浮舟を宇治に移す薫のひとりよがりのふるまい

三条の小家ではじめて浮舟と契りを交わした薫は、その翌日、浮舟を宇治に移します。行き先を知らせないまま、浮舟をみずから抱いて車に乗せた薫は、弁の尼が中の君のもとに行こうとするのも制して供をさせます。いつもの薫とは異なる性急さに弁の尼も驚いたことでしょう。薫がこれほど宇治への移送を強引に進めた理由のひとつには、世間の噂を気にしたということがあります。薫は女二の宮の降嫁を受けているほどの貴公子ですから、常陸介の婿となったなどという噂は不名誉となります。そこで、**宇治に移すことによって、浮舟を八の宮の娘として位置づけようとした**わけです。

ただ、それよりも薫の心を占めていたのは、**大君の身代わりとしての浮舟をいち早く宇治に置いて眺めたいという思い**でしょう。浮舟の気持ちや立場などを考えようともしないふるまいは、すべて薫のひとりよがりといえますが、その薫に浮舟は異を唱えることがありません。薫の行動からは光源氏が夕顔を廃院に連れ出したことが思い起こされますが、光源氏にあった情熱的な愛が薫には見えません。はたして薫と浮舟が心を通わす時は来るのでしょうか？

STORY

五十一 浮舟(うきふね)

浮舟の入水

もう、死ぬしかない——

ものがたり▼ **匂宮**(におうみや)は二条院で出会った**浮舟**のことが忘れられません。**中の君**はごまかしていましたが、**薫**二十七歳の年の正月、中の君のもとに届けられた浮舟の手紙によって、その所在が匂宮の知るところとなります。宇治を訪れた匂宮は、薫を装って浮舟と契りを交わします。薫ではなかったことに気づいた浮舟は茫然として泣きますが、やがて薫とは違う情熱的な匂宮に心ひかれていきます。

二月、久しぶりに宇治を訪れ、匂宮とのことを思って苦しむ浮舟を見た薫は、そうとは知らず、大人びたことを喜び、京に迎える約束をします。薫の浮舟への執着を知って宇治を訪れた匂宮は、対岸の小家に浮舟を連れ出し、甘美な二日間を過ごします。薫と匂宮の間にはさまれて浮舟は苦悩を深めていきますが、薫はふとしたことから匂宮と浮舟との関係を知り、心変わりを当てこする手紙を浮舟に送り、宇治の警護を固めます。ふたりの男性に愛された姉の悲惨な話を侍女の**右近**から聞いた浮舟の心は乱れ、死を決意します。浮舟と連絡がとれない匂宮は、宇治を訪れるものの、警護の者たちに追い返されます。浮舟は死を前にして匂宮と母**中将の君**に手紙を書くのでした。

◉浮舟にむけられた匂宮の身勝手な情熱

匂宮（におうみや）は、光源氏のいろごのみの資質を受け継ぐ人物として描かれています。今上帝の第三皇子として東宮候補ともされながら内裏住みを嫌い、お仕着せの結婚を潔しとしない匂宮は、宇治の中の君を都に迎えて愛情を注ぎながら、一方では六の君の魅力にも素直にひかれています。

そんな匂宮が二条院で見かけた浮舟に執着するのは当然だともいえます。浮舟が宇治にいることを聞いた匂宮は、薫への対抗心を燃やしながら宇治行きを実行に移し、薫を装うという姑息な手段に訴えて契りを交わしてしまいます。**匂宮には薫とは違って恋に対する自制心がありません。**浮舟が匂宮にひかれていくのも、こうした情熱的な言動のためですが、かといって、匂宮は浮舟をひとりの女性として重んじるわけではなく、対岸の小家では浮舟に裳を付けさせて女房扱いをしています。匂宮にとっての浮舟は、所詮ひとりの召人にすぎません。

匂宮はたしかにいろごのみの資質を持っているといえますが、王者性を持った光源氏とは違ってたんなる好色に近く、自身の欲望を満たすだけの身勝手な情熱は、ただ女性を傷つけるだけでした。

◉浮舟を取り囲む人間関係が浮舟を追いつめていく

匂宮と関係を持ってしまった浮舟はひとり思い悩みます。匂宮にひかれてはいますが、薫への裏切りは許されることではありません。この密事は匂宮の一方的な行動によって生じたものですが、周囲の人びとのことばによって、浮舟は次第に追い込まれていきます。母中将の君が弁の尼との雑談のなかでいった「もし匂宮との間に間違った関係が生じたら娘の顔は二度と見られない」とのことばは、浮舟に「わが身を失ひてばや（わが身をなくしてしまいたい）」と思わせます。また、匂宮との関係を知った薫からの「心変わりを知らず、待ってくれているとばかり思っていた」という手紙は浮舟の心をえぐります。そして、右近が語った、ふたりの男性を愛したために殺人事件にまで発展したという姉の実話は、これから起こるかもしれない事態を想像させ、「いかで死なばや（何としても死にたい）」と死の決意を浮舟にさせていきます。

浮舟物語には、万葉集に見える真間の手児名（ままのてごな）や菟原処女（うないおとめ）、大和物語に載せる生田川（いくたがわ）伝説などの、ふたりの男性の板挟みになって入水した女性の伝承（処女塚（おとめづか）伝説）がふ

まえられていると指摘されていますが、**浮舟を追いつめたものは、浮舟を縛りつけながら八方に伸びて緊迫する人間関係**だといえます。それを破綻させないためには、浮舟は消えるしかなかったのです。

◉「贖罪(しょくざい)の女君」としての浮舟が背負う罪とは？

浮舟は「贖罪の女君」と呼ばれることがあります。神事などで身を清める禊(みそ)ぎの折には罪障を「人形(ひとがた)」「形代(かたしろ)」「なでもの」と呼ばれるものに祓(はら)いつけて川や海に流しますが、「宿木」巻で薫が中の君へ、宇治の邸宅に大君の「人形」などを置いて勤行(ごんぎょう)したいとの意向をもらしたのを受けて、中の君が浮舟のことを語り出すことから、浮舟は物語のなかで「人形」としての役割を負わされていることがうかがえます。**浮舟は薫によって大君や中の君の身代わりとして扱われ、入水へと向かいます。**その姿はまさに罪を背負って流れていく「人形」であり、「贖罪の女君」だというわけです。

浮舟が背負う罪とは何でしょうか？　浮舟がその誕生からさすらいを運命づけられており、生まれてきたことそのものが罪だというのなら、あまりにも憐れだといわざるを得ません。

STORY

五十二 蜻蛉

死者なき葬儀

みんな消えてしまった

ものがたり▼ **浮舟**の失踪に宇治の人びとは動揺します。事情を知っている侍女の**右近**と**侍従**は宇治川への入水を察し、真相を隠すために、母**中将の君**を説得して亡骸がないまま、浮舟の衣などを焼いて葬儀を行います。石山に参籠中にこのことを聞いた**薫**は、浮舟を放っていたことを後悔しますが、正気を失って臥せってしまった**匂宮**を見舞って、その悲しみぶりに匂宮と浮舟との仲を確信します。宇治を訪れて右近から真相を聞いた薫は、四十九日の法要も営みます。

薫二十七歳の年の夏、**明石の中宮**が**光源氏**や**紫の上**のために法華八講を催します。法会が終わった後、薫は、氷を弄ぶ女房たちのなかにいる**女一の宮**を垣間見ます。以前から女一の宮に憧れていた薫は、翌日、妻の**女二の宮**に女一の宮と同じ格好をさせますが、やはり似るべくもなく、失望します。一方、匂宮は、浮舟を恋しく思いつつも、この春父**式部卿宮**を亡くした姫君（**宮の君**）に関心を寄せます。

秋、薫は、女一の宮を慕いつつ、宇治の姫君たちのことを回想し、はかなげな蜻蛉を見ながら世の無常を思うのでした。

◉浮舟を取り囲んでいた世界の過酷さを語る「蜻蛉」巻

第五十一帖「浮舟(うきふね)」巻は、自死を覚悟した浮舟が着物に顔を押し当てている夜更けの姿を描いて終わり、この「蜻蛉」巻は、浮舟の姿が見えず、人びとが大騒ぎをしている朝のことから語り出されます。**両巻の間に数時間の空白がある**ことになりますが、この巻は、その間に何があったのかは語らず、その後の出来事を語っていきます。

浮舟の失踪は入水自殺と判断されます。この巻は、亡き浮舟の追悼と、残された薫や匂宮の動静を語るものと捉えることができますが、描かれているのはたんなる追慕の情ではありません。**浮舟の死の真相は隠され、匂宮や薫もいつまでも浮舟に固執することはありません。**浮舟があれほど悩んだ人間関係の亀裂もほとんど生じず、浮舟がいなかった時と同じ状態に戻っていきます。浮舟ひとりがいなくなっても世界は変わりません。「蜻蛉」巻は、浮舟を取り囲んでいた世界の過酷さをも語っているのです。

◉葬儀の行われた浮舟に帰れる場所はない

浮舟の失踪を知った右近と侍従は、浮舟が日常使用していた調度類や衣類等を納めて死者なき葬儀を行いますが、この葬儀を行った理由は、浮舟の死の真相を世間から隠すためだけではありません。浮舟の入水のエピソードの下敷きとなった処女塚伝説でも、処女塚は入水した女性の魂を鎮めようとするものでした。入水による死は、非業の死としてとらえられ、祟りの可能性も考えられていましたから、右近と侍従は浮舟の死霊が世間に出現することをおそれ、早急に葬儀を行う必要を感じたのでしょう。

けれども、内密に行おうとした浮舟の葬儀は、簡略にしたぶんだけ田舎人の噂になります。人びとは身分の低い者の葬儀のようだと非難してさまざまに語り合い、浮舟がふたりの男たちの板挟みとなって入水したという噂は明石の中宮にまで達することになります。明石の中宮は驚愕して厳しく口止めを命じながら、**匂宮がこうした色恋沙汰で身を持ち崩し、世間から軽々しく思われることを懸念します。**

こうして、死によって生き恥から逃れようとした浮舟は、結果として忌まわしいものとして隠され、その存在さえも否定され、帰れる場所もなくしてしまうのです。

◉女一の宮を理想化する薫

大君の形代である浮舟を失った薫は、女一の宮への思慕を強くしていきますが、**薫**

に特徴的なのは、あくまでも思慕は思慕として留め、その思慕する人の身代わりを求めていくことです。たしかに、光源氏も藤壺のゆかりとして紫の上や女三の宮を求めましたが、藤壺自身にも何度となく直接恋情を訴え、密通までも犯しています。

薫は、そのような光源氏とは違います。この巻でも、薫は女一の宮を垣間見た翌日、女二の宮に同じ格好をさせて、女一の宮との違いを嘆きますが、女一の宮に直接思いを訴えたりはしません。

これまでも、薫は、たとえば、「宿木」巻で、今上帝から女二の宮の降嫁をほのめかされればこれが女一の宮であったらと思い、匂宮と六の君の婚儀の後には女二の宮が故大君に似ていたらうれしいだろうと思うなど、女一の宮や故大君といった女性たちをけっして逢うことができない存在として理想化したうえで、その身代わりとなる女性と逢い、その違いを見出して、その理想を確認するということを繰り返してきました。自分を傷つくことのない安全な場所に置きながら、容易に手の届く身代わりをもてあそび、手が届かない理想を思って恍惚（こうこつ）とするばかりの**薫の恋愛の流儀は、あきれるほどワンパターン**なのです。

STORY

五十三 手習（てならい）

浮舟の出家

わたしを尼にしてください

ものがたり▼ そのころ、横川（よかわ）に高徳の僧都（そうず）（**横川の僧都**）がいました。僧都の**妹尼**とともに初瀬詣でに出かけた帰りに発病した**母尼**を療養させるため、宇治院にやってきた僧都は、院の裏手に倒れていた若い女性（**浮舟**）を発見して保護します。小野に移されても正気が戻らない浮舟でしたが、妹尼の依頼で下山した僧都の祈祷によってようやく意識を取り戻し、死ねなかったことを悟ります。尼になるのを望む浮舟に、僧都は五戒（簡略な戒律）だけを授けます。

秋、心を閉ざし、その思いを手習に託していた浮舟でしたが、妹尼の亡き娘の婿にあたる**中将**が小野を訪れ、浮舟を垣間見て心ひかれます。九月、妹尼たちが初瀬詣でに出かけた留守に訪れた中将を避け、浮舟は母尼の部屋で一夜を過ごします。眠れぬまま波乱に富んだ半生を回顧した浮舟は、翌日、下山した僧都に懇願してついに出家を遂げます。僧都の話から、**明石の中宮**はその女性は浮舟ではないかと気づきます。

薫二十八歳の年の春、浮舟は、薫が浮舟の一周忌法要をすると伝え聞き、一方、明石の中宮から侍女を介して浮舟のことを聞いた薫は、横川を訪れることにします。

◉浮舟は、死者の形代としてよみがえった!?

「そのころ」ではじまる「手習」巻の時間は、ほぼ「蜻蛉」巻と重なります。**「浮舟」巻の続きを、薫たちの側から語るのが「蜻蛉」巻**であり、**浮舟の側から語るのが「手習」巻**です。「蜻蛉」巻では葬儀まで行われ、浮舟は死んだものとして語られていましたので、実は生きていたというのは読者の意表をつく展開だともいえますが、故大君の形代として浮舟を登場させ、死者の形代を用いて語り継いできた物語は、この最終盤に至って、死者の形代としてその死者本人を用いるという新しい方法を試みているのかもしれません。

「手習」巻での浮舟は、森のように茂った木の下に「白き物」として現れ、死者が蘇ったのではないかともささやかれています。まさに生ける屍、あるいは身体を持つ亡霊として再登場し、死の穢れに満ちているかに見える浮舟は、本来であれば捨てて置かれてもよいところですが、それを救ったのが横川の僧都の「悲運な者こそ仏に救済されるべき者だ」とする考え方でした。はたして浮舟はほんとうの意味で救済されるのでしょうか？　物語はさらに浮舟のその後を語り進めます。

◉小野でもふたたび浮舟は追いつめられる

妹尼は浮舟を亡き娘の「形見」として世話をしますが、その行動は、「形代」として生かされ、苦悩してきた「昔」をふたたび浮舟に押しつけるものでした。妹尼の娘婿であった中将も浮舟に言い寄ってきますが、「昔」を嫌悪し、男女の間柄のことを忘れてしまいたい浮舟は拒絶するほかはありません。

かつて人間関係のために失踪に追い込まれた浮舟にとって、俗世に生きる人間関係そのものが疎ましいものに思えてくるのは当然のことです。とくにこの妹尼をはじめとした小野の人びとは、出家生活をしながらも、歌を詠み、楽器の演奏を楽しむなど、はなやいだ生活を好んでいますので、浮舟が孤独を深め、沈黙を通すのも無理はありません。

中将の便りが来るたびに出家への思いを強くして念仏する浮舟でしたが、そのような浮舟を、人びとは内気な性格なのだろうと思い、浮舟が笑顔を見せると素直に喜んでいます。しかし、中将はもちろん、小野の人びとが見ているのは浮舟の表面にすぎません。美しい浮舟の「容貌（かたち）」を見る人びとは、浮舟の内面を見ることができず、浮

舟を追いつめていくことしかできなかったのです。

◉出家してもなお揺れる浮舟の心

初瀬詣でに出かける妹尼の誘いに、浮舟は、昔、母や乳母に連れられて詣でたのに死ぬことさえも叶わなかったとして断ります。すでに俗世には絶望しかないのです。中将から逃れて逃げ込んだ母尼たちの部屋で、浮舟は流転の半生を振り返り、匂宮との恋を悔いて、薫を懐かしく思いながらも「なほわろの心や（やはりだめな心だよ）」と打ち消して、出家の決意を固めていきます。

浮舟は、追い込まれて入水自殺をはかり、そしてまた追いつめられて出家を果たします。しかし、**俗世への執着がまったくないとはいえません。**子どもの習字や、心に浮かぶまま書くものを手習といいますが、「手習の君」とも呼ばれる浮舟は、自身の心と対話するように、折にふれて手習歌を書きます。出家を遂げた翌朝も、浮舟は不揃いな髪の裾を気にして部屋を暗くしたまま、「棄ててし世をぞさらに棄てつる（入水によって捨てた世をさらに捨ててしまいました）」などと歌を書きますが、それでも心を平らかにできません。**出家してもなお浮舟の心は揺れているのです。**

STORY

五十四 夢浮橋（ゆめのうきはし）

沈黙する浮舟

人違いです

ものがたり▼ 二十八歳の年の夏、比叡山に行き、いつもの供養を行った**薫**は、**横川の僧都**のもとを訪れて、**浮舟**のことを尋ねます。浮舟が薫の思い人であることを察した僧都は、深く考えることなく出家させてしまったことを反省しながら、これまでの経緯を薫に話します。浮舟が生きていることを確信した薫は涙を流し、僧都に小野への案内を依頼しますが、僧都は即答を避けます。薫は、連れてきていた浮舟の弟の**小君**（こぎみ）を使いとして、僧都の手紙を浮舟に届けさせることにして帰途につきます。小野では浮舟が薫一行の松明（たいまつ）の光を念仏によって思いを紛らわせながら見送ります。

翌日、小君が小野を訪ねます。僧都からの手紙には、愛執の罪を晴らすようになどと書かれています。浮舟は、小君を懐かしく思い、母**中将の君**のことも聞いてみたいと思いますが、それもできません。小君から差し出された薫からの手紙には細やかな愛情が感じられましたが、返事を促された浮舟は、人違いかもしれないので持ち帰ってほしいと手紙を押し返します。むなしく帰った小君に落胆した薫は、誰かが浮舟を隠し住まわせているのではないかと、あれこれと思いをめぐらすのでした……。

◉横川の僧都は、浮舟に還俗（げんぞく）を勧めた？

古来、横川の僧都は源信（げんしん）がモデルだとする説があります。源信（九四二〜一〇一七年）は平安時代中期の天台宗の僧で、恵心僧都（えしんそうず）、横川僧都とも称され、往生要集を著し浄土教成立の基盤を築いたともされ、説話などにもその名を見ることができます。平安時代の思想などにも大きな影響を与えた横川の僧都は、これまで物語に登場してきた仏教者と比べても**深い人間理解の力を持つ人物として登場し、瀕死の浮舟を助け、出家に導いていきます**ので、源信と重なる部分を認めることができます。

ただ、横川の僧都が浮舟にあてた手紙の内容をめぐっては、研究者の間でも浮舟に還俗を勧めたものとする説（還俗勧奨説）と、勧めたものではないとする説（非勧奨説）とが対立しています。とくに「愛執の罪をはるかしきこえたまひて（愛執の罪を晴らし申しあげなさって）」などの手紙の表現をどのように理解するかによって、正反対の説が生じているのですが、ここで大切なことは、**浮舟が最後に頼るべき仏教者のことばも、浮舟を導いてくれる絶対的なものではない**ということでしょう。浮舟が進むべき道は、浮舟自身が決めるほかはないのです。

◉薫と浮舟の交わることのない思い

薫の手紙を見た浮舟は、心を乱して泣き伏してしまいます。「手習」巻で、出家の直前、薫を懐かしく思い出した浮舟は、薫が浮舟の一周忌を営んだことも知っていま す。また、この「夢浮橋」巻でも横川から帰京する薫の一行を見ながら昔のことを思い出し、懸命に念仏によって心の動揺を紛らわせていたことからも、浮舟のなかに薫に寄せる心が微塵もないわけではないことがうかがえます。しかし、人違いだといって手紙を押し返し、妹尼のことばに顔を衣に引き入れる浮舟は、必死の思いで、引き裂かれそうになる自己を繋ぎとめるのです。

浮舟からの返事がないことを知った薫は、憮然として、浮舟は新たな恋人に隠し住まわされているのではないかと思い巡らします。その相変わらずの思考回路は、浮舟の思いと交わることはなさそうです。

◉源氏物語の終わりを告げる「夢浮橋」とは?

源氏物語は、「夢浮橋」巻で終わりますが、これが本当の終わりであったかという

ことについては、完結ではなく中絶とする説などがあり、後世の人によって『山路の露』などの続編も書かれました。けれども、それはやはり蛇足の感を免れません。

ここまで物語を読み進めてくると、愛する女性を傷つけることをわかっていながら、それでも愛さずにはいられなかった若き日の光源氏の姿が懐かしく思えてきます。破滅に向かう愛ではありましたが、そこにはたった一人の女性を愛し抜こうとする愛が確かにありました。しかし、**薫は目の前の女性をほんとうに愛することができていたのでしょうか？　また、浮舟は母親を含め他者からほんとうに愛されたことがあったのでしょうか？**

「夢浮橋」の「浮橋」は、舟を並べて渡す橋ではなく、天上と地上とを結ぶ橋であるともされます。夢のなかで架かったその橋をわたって天女はやってきます。でも夢はいつか覚め、天女との永遠の別れが訪れるのです。「夢浮橋」ということばは本文中にはありませんが、その巻名は、浮舟を見失った薫の姿を言い表しているのでしょう。

そして、「夢浮橋」巻を読み終えたわたしたちも、源氏物語という夢から覚めることになります。深い余韻に身を浸しながら……。

平安京近郊図

平安京は、北側が山、東西が川によって囲まれており、南側に開かれた土地にありました。宇治をはじめとして、平安京の近郊も物語の舞台になっています。

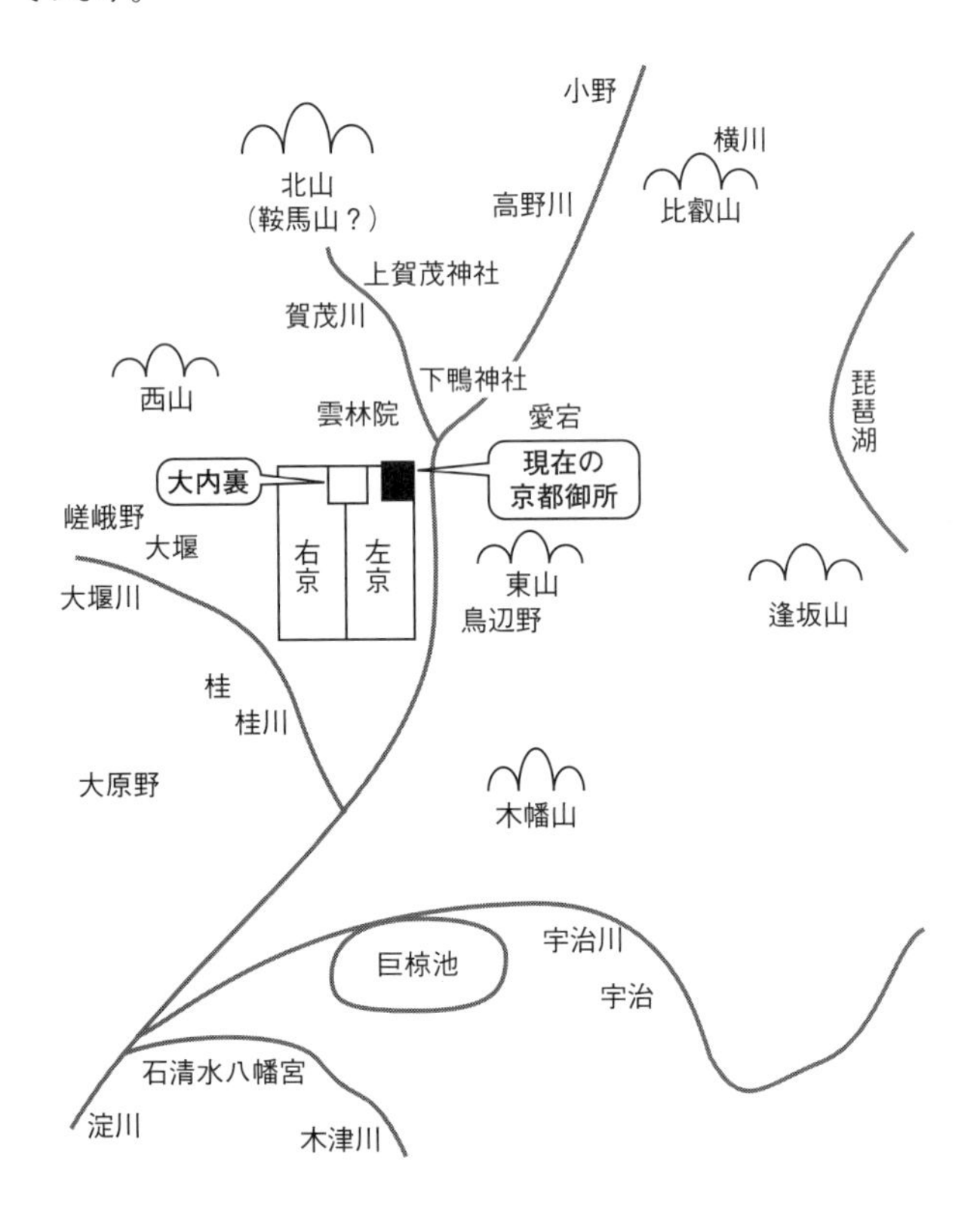

【付録】………各章の登場人物たち

年立（年表）

第1章 「桐壺」～「夕顔」の登場人物たち

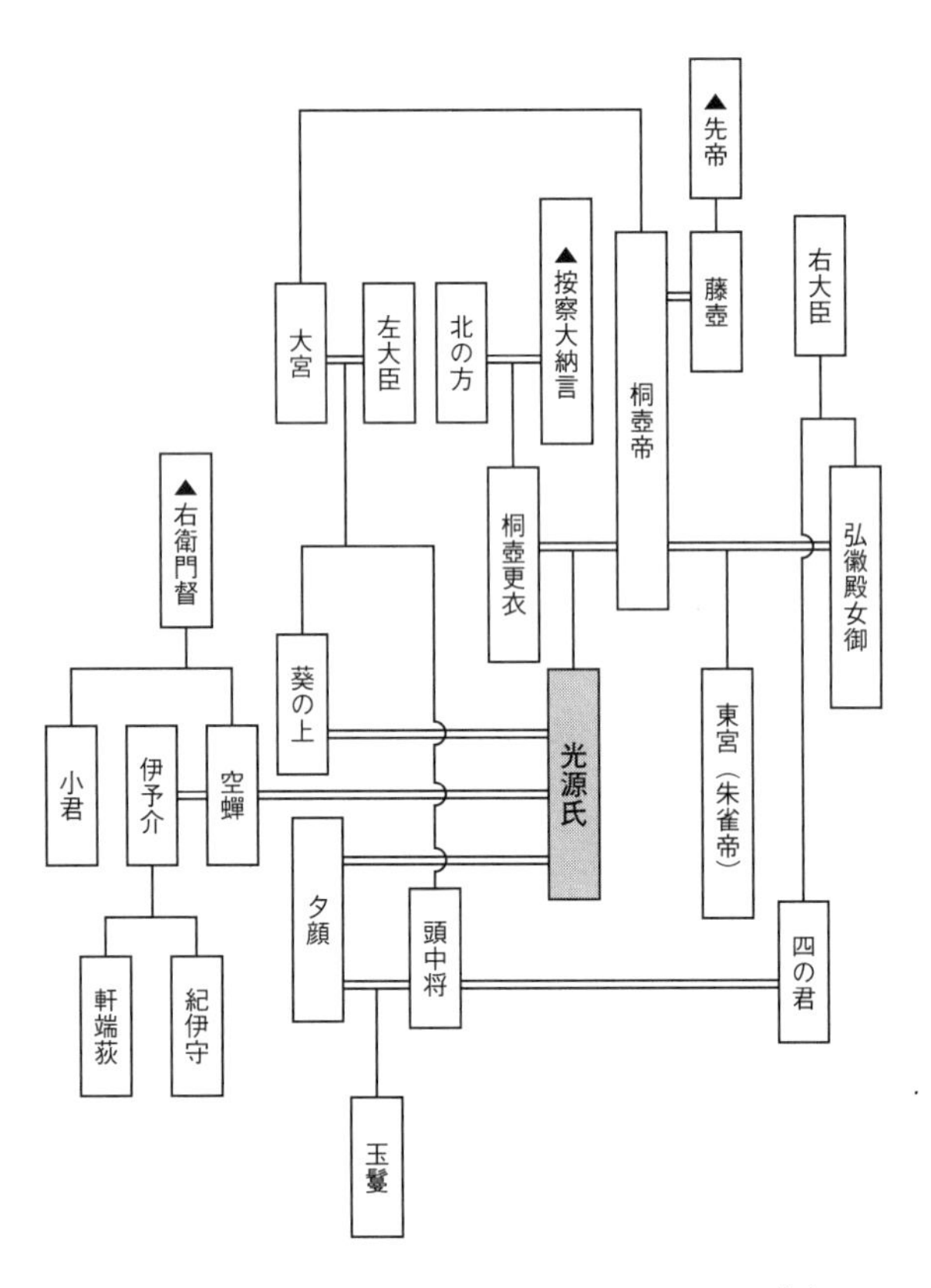

第2章　「若紫」〜「花宴」の登場人物たち

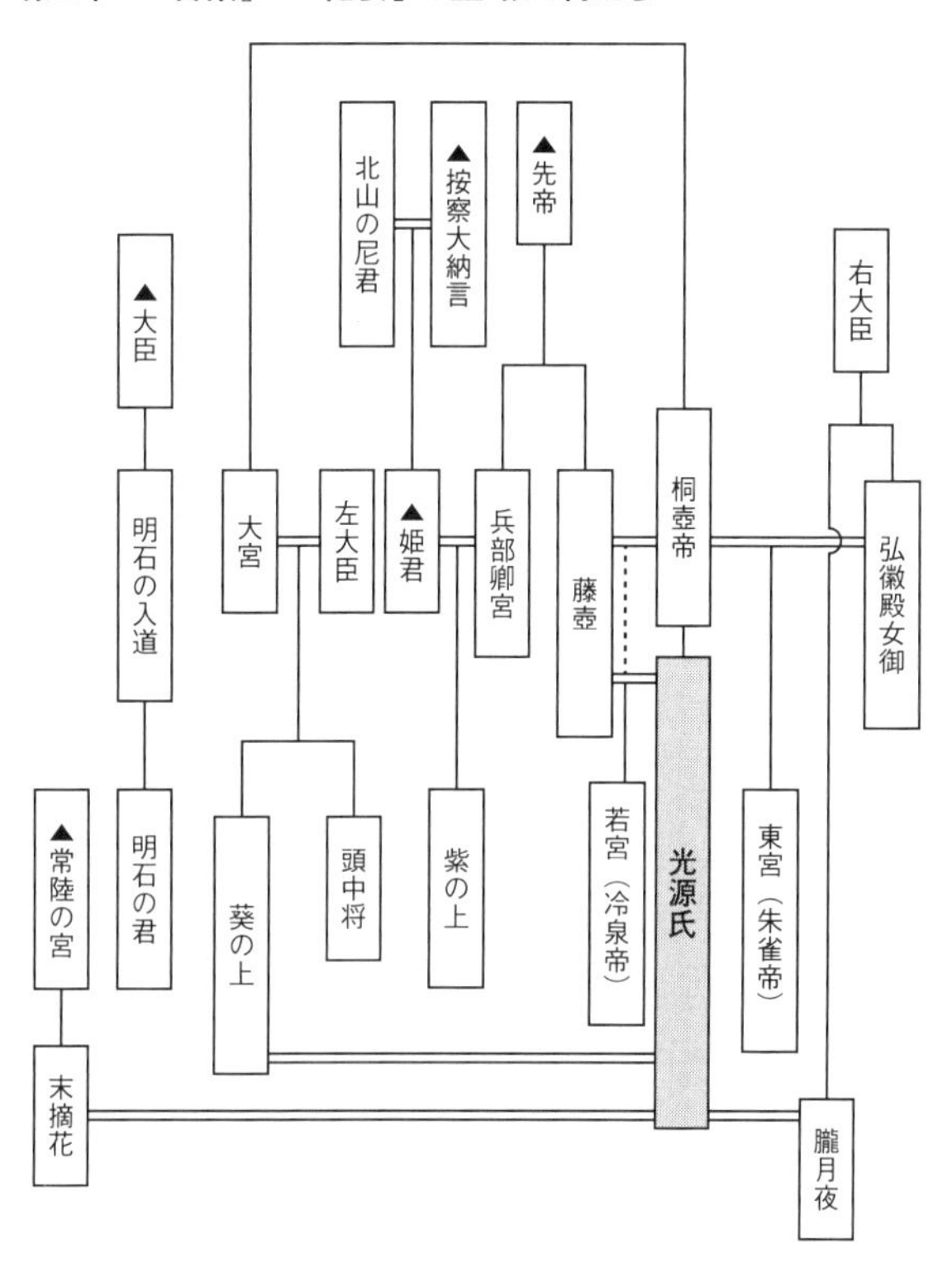

第3章　「葵」～「明石」の登場人物たち

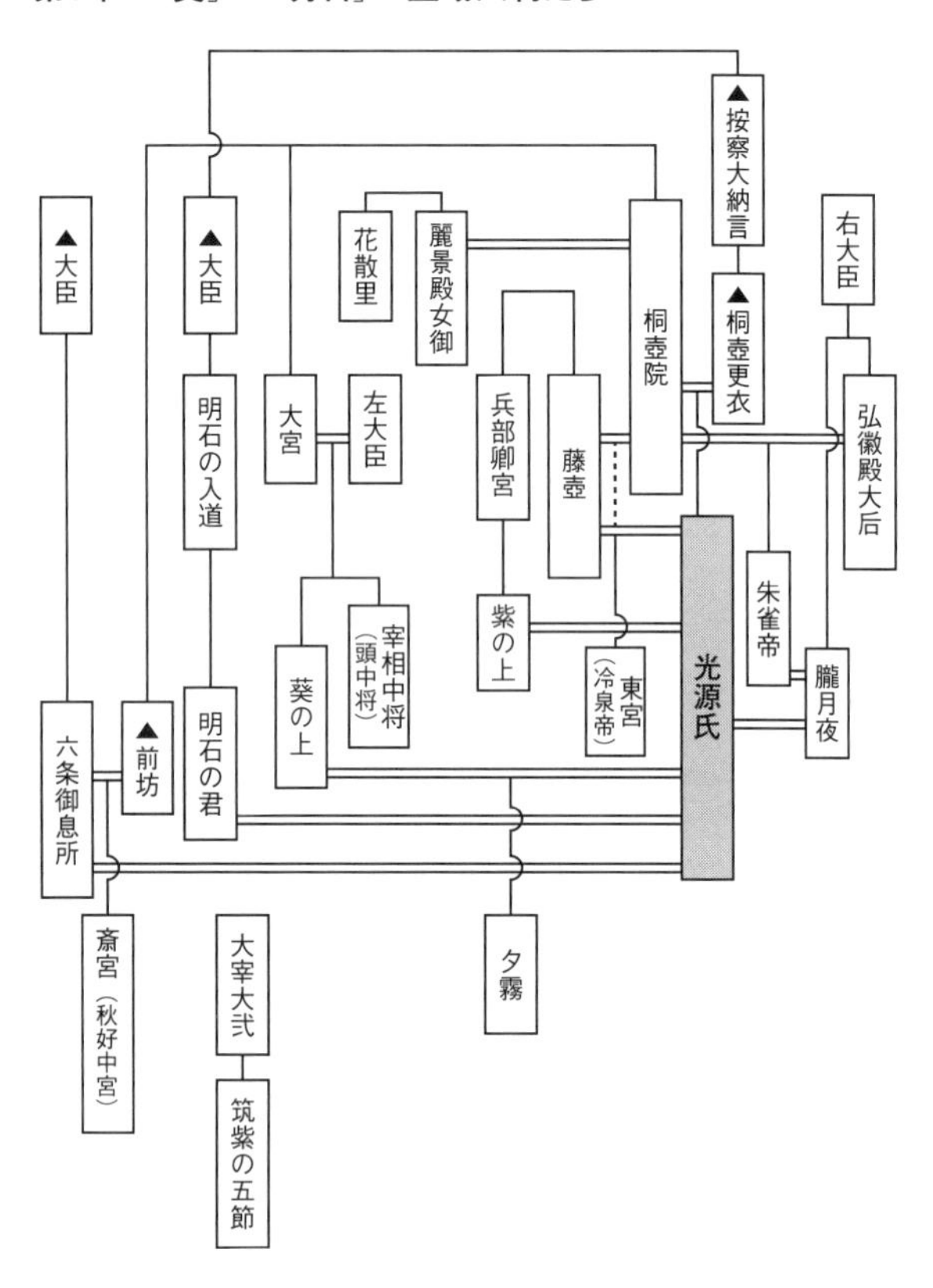

第4章　「澪標」～「少女」の登場人物たち

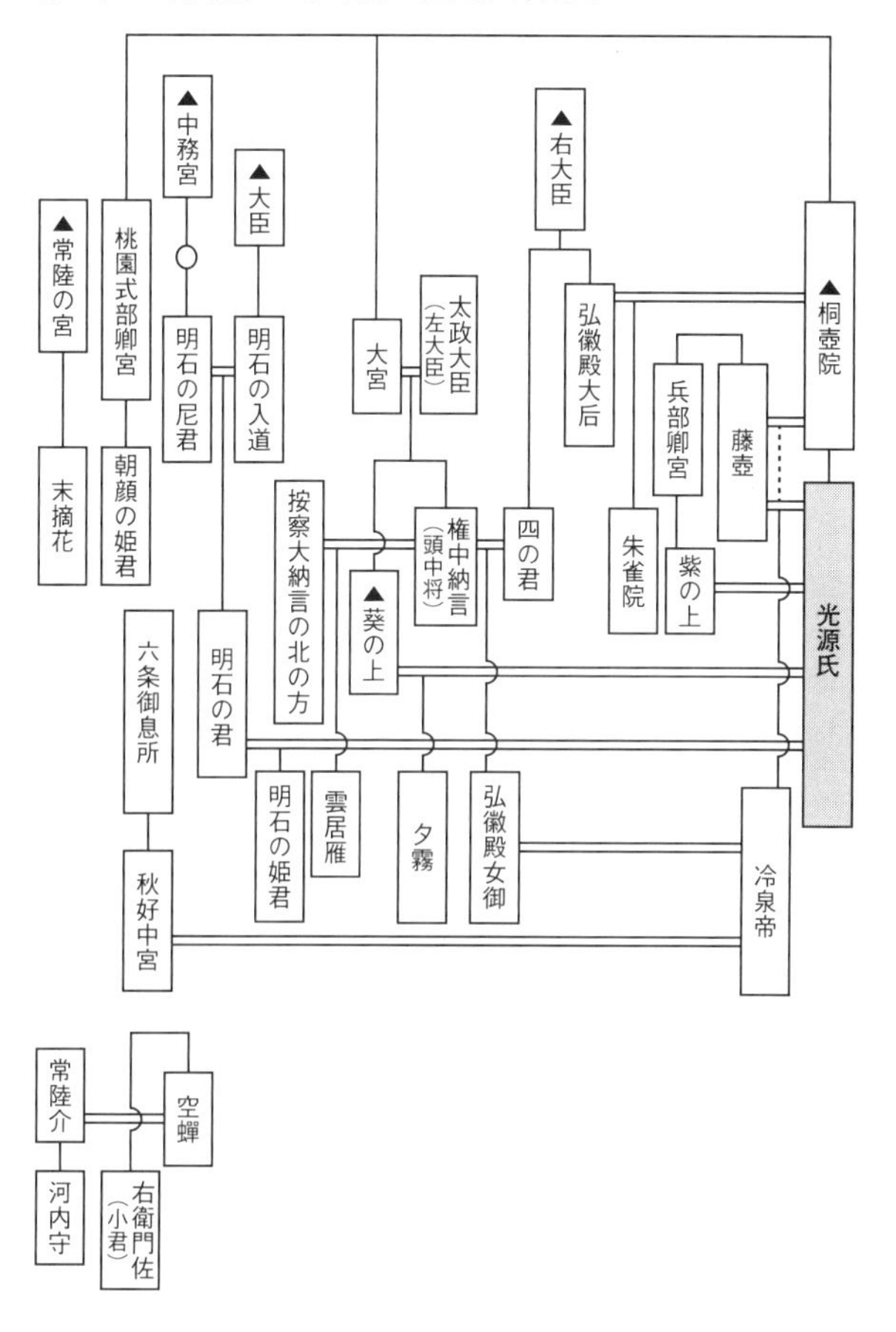

第5章　「玉鬘」〜「藤裏葉」の登場人物たち

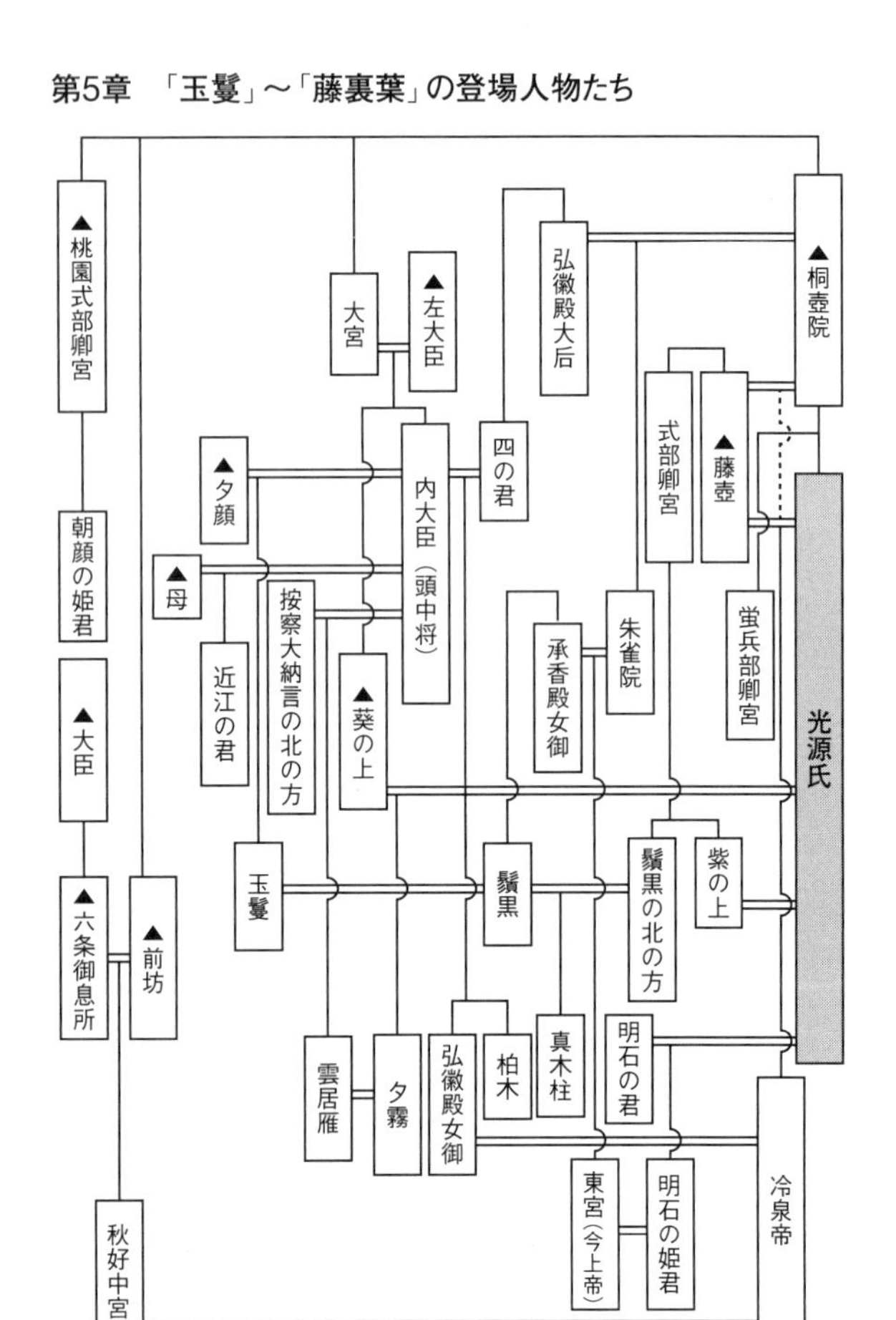

第6章　「若菜上」～「幻」の登場人物たち

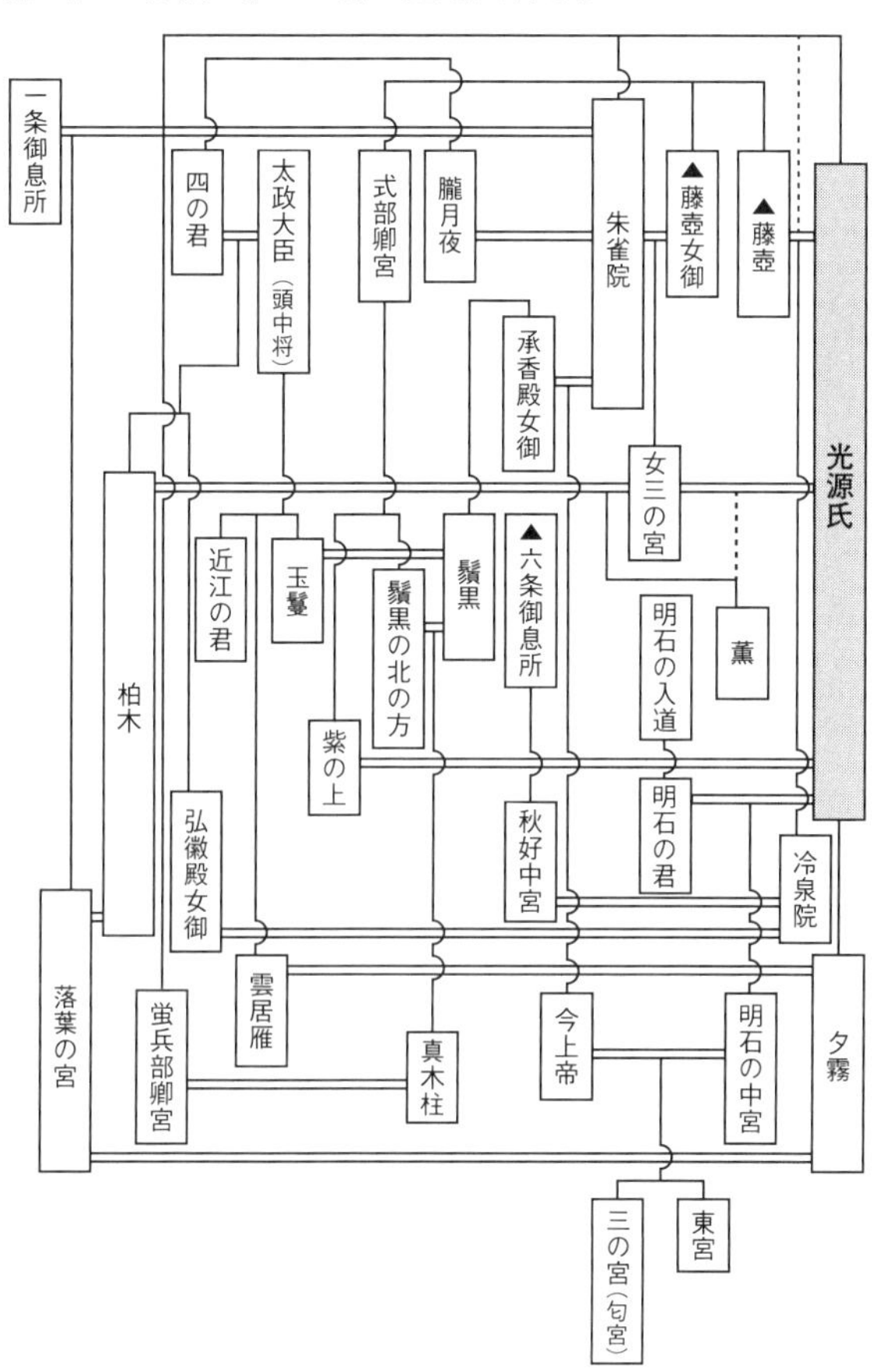

第7章　「匂兵部卿」〜「竹河」の登場人物たち

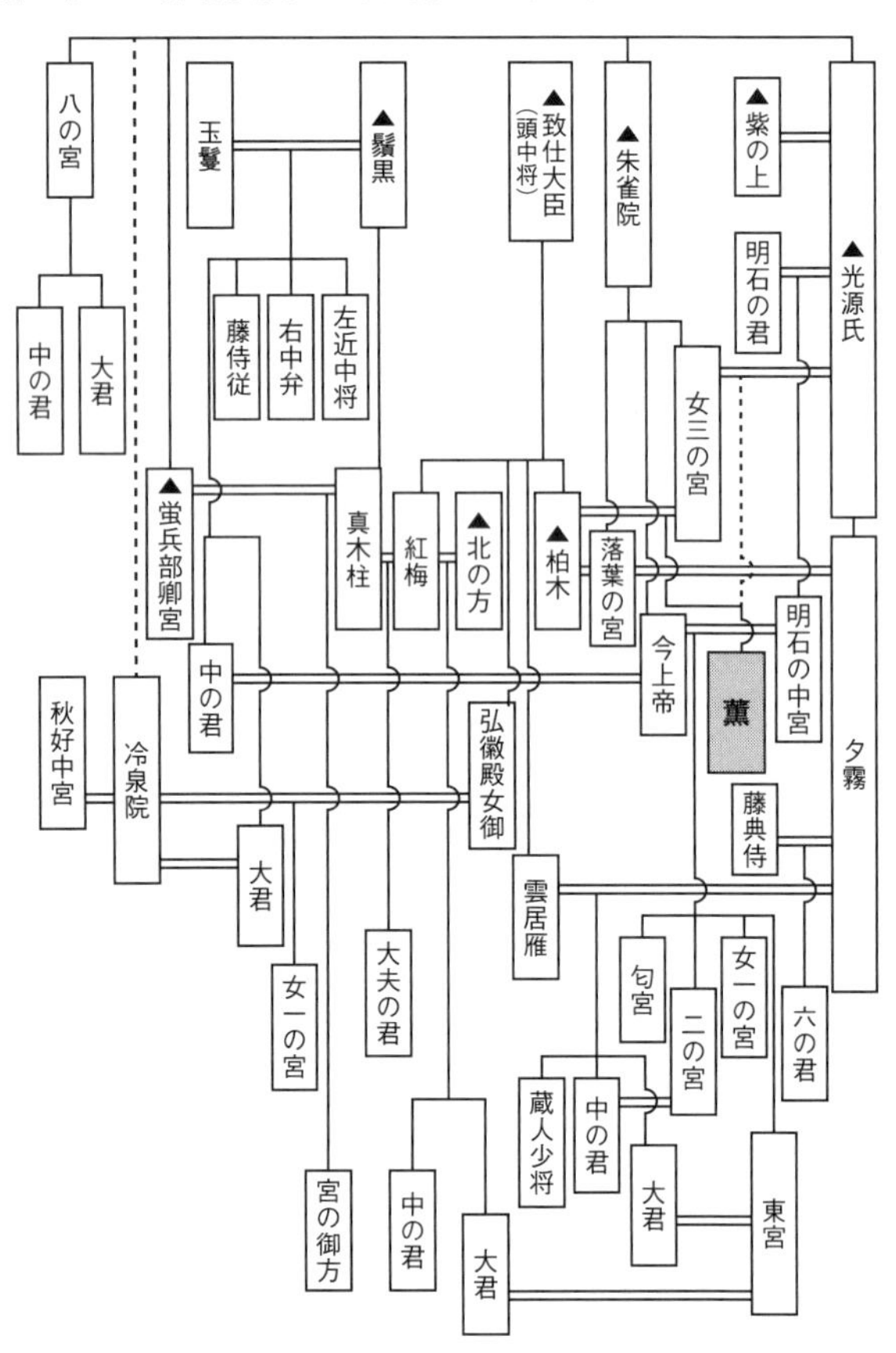

第8章　「橋姫」〜「夢浮橋」の登場人物たち

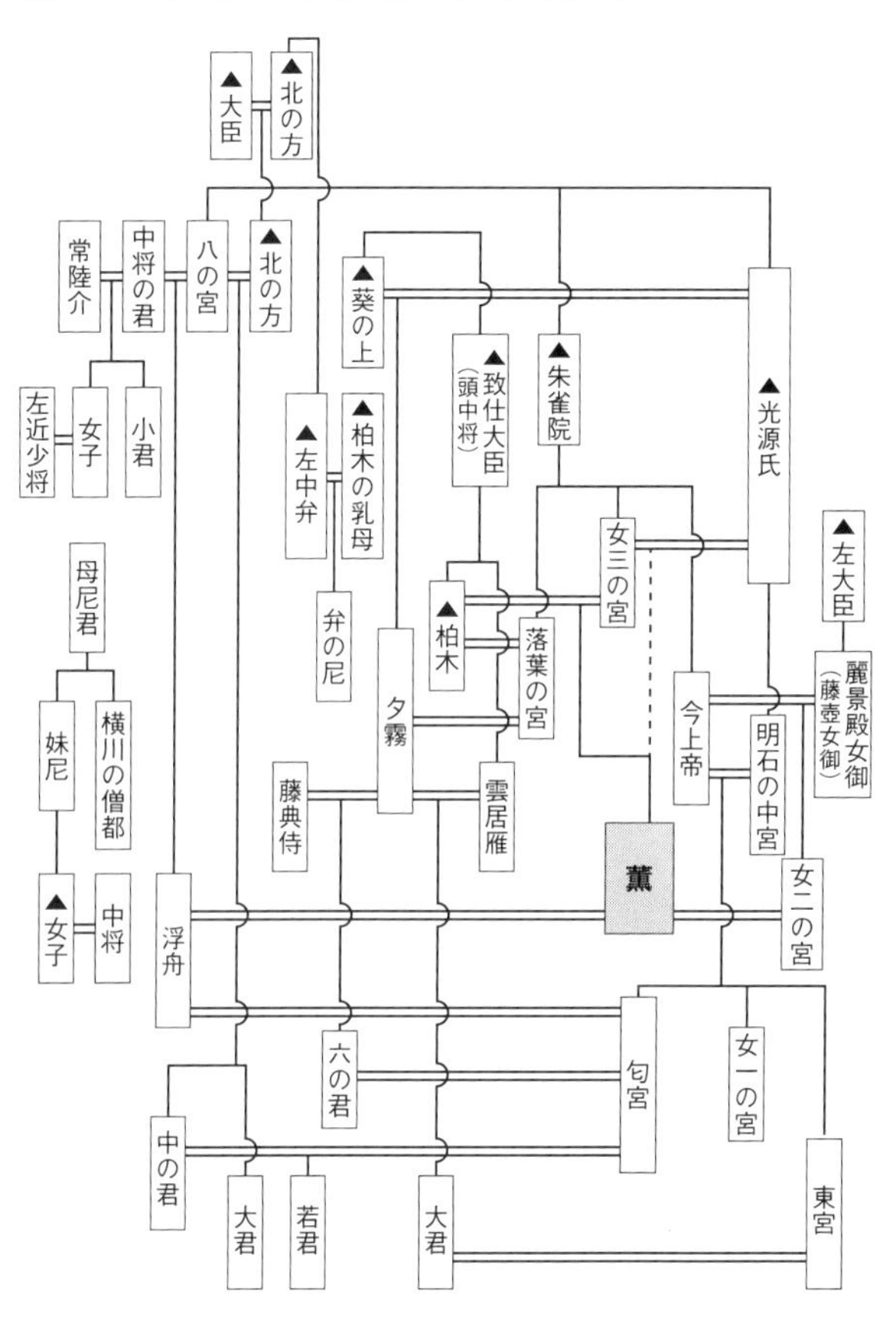

年立（年表）

帝	光源氏の年齢・官職	巻名	主要事項
桐壺帝	1	1 桐壺	桐壺帝、桐壺更衣を寵愛。光源氏、誕生。
	3		光源氏、袴着。 夏、桐壺更衣、死去。
	4		春、弘徽殿腹の第一皇子（朱雀帝）東宮となる。
	8〜11		高麗の相人の観相。帝、光源氏の臣籍降下を決意。 先帝の四の宮（藤壺）、入内。
	12		光源氏、元服。同夜、葵の上と結婚。
	（13〜16）		
	17 すでに中将	2 帚木	夏、雨夜の品定め。 光源氏、空蝉と逢う。
		3 空蝉	光源氏、軒端荻と契る。
		4 夕顔	光源氏、夕顔と出会う。 秋八月、夕顔、廃院で急死。

帝	年齢	官位	巻	出来事
桐壺帝	18	正三位中将	5若紫	春三月、光源氏、瘧病。北山で紫の上を垣間見る。 夏、光源氏、藤壺と密通。 六月、藤壺懐妊。 冬、光源氏、紫の上を二条院に引き取る。
			6末摘花	春、光源氏、末摘花を知る。 秋、光源氏、末摘花と逢う。 冬、光源氏、末摘花の容貌に驚く。
			7紅葉賀	冬十月、朱雀院行幸。
	19	宰相中将		春二月、藤壺、皇子（冷泉帝）を出産。 秋七月、藤壺立后。光源氏、宰相となる。
	20		8花宴	春二月、南殿の花宴。光源氏、朧月夜と逢う。 三月、光源氏、藤の宴で朧月夜と再会。
朱雀帝	(21)	大将		桐壺帝譲位、朱雀帝即位、藤壺腹皇子（冷泉帝）東宮となる。
	22		9葵	夏四月、葵の上方と六条御息所方との車の所争いが起こる。 秋八月、葵の上、男子(夕霧)出産後急死。 冬、光源氏、紫の上と新枕を交わす。
	23		10賢木	冬十一月、桐壺院崩御。

帝	年齢	官位	巻	出来事
朱雀帝	24		10 賢木	冬十二月、藤壺出家。
朱雀帝	25		10 賢木	春、左大臣辞任。 夏、光源氏と朧月夜の密会露見。
朱雀帝	25		11 花散里	夏五月、光源氏、花散里を訪問。
朱雀帝	26	すでに除名	12 須磨	春三月、光源氏、須磨退居。
朱雀帝	27		12 須磨	春三月、上巳の祓え。暴風雨が起こる。光源氏、明石に移住。
朱雀帝	27		13 明石	秋八月、光源氏、明石の君と逢う。
朱雀帝	28	権大納言	13 明石	秋七月、光源氏召還の宣旨下る。 八月、光源氏帰京。権大納言。 冬十月、桐壺院追善の法華八講。
朱雀帝	28		15 蓬生	末摘花、困窮。
冷泉帝	29	内大臣	14 澪標	春二月、朱雀帝譲位、冷泉帝即位、朱雀院皇子東宮となる。 三月、明石の君、姫君（明石の中宮）を出産。 秋、光源氏、住吉参詣。六条御息所、死去。
冷泉帝	29		15 蓬生	夏四月、光源氏、末摘花を訪問。
冷泉帝	29		16 関屋	秋、光源氏、逢坂の関で空蝉と再会。
冷泉帝	(30)			

冷泉帝			
31		17 絵合	春、前斎宮（斎宮の女御）、冷泉帝に入内。三月、絵合。斎宮の女御方が勝利。
		18 松風	秋、二条東院落成。明石の君ら、大堰の山荘に転居。
		19 薄雲	冬、明石の姫君、二条院に迎えられる。
32	従一位		春、摂政太政大臣（左大臣）死去。三月、藤壺、崩御。夏、冷泉帝、出生の秘密を知る。
		20 朝顔	秋、光源氏、朝顔の姫君を訪問。冬、光源氏、夢に亡き藤壺を見る。
33	太政大臣	21 少女	夏、夕霧、元服。大学寮に入学。秋、斎宮の女御（秋好中宮）立后。光源氏、太政大臣。大納言（頭中将）、内大臣。
34			春二月、朱雀院行幸。夕霧、進士に及第。秋、夕霧、従五位侍従。
35			秋八月、六条院完成。女君たち、転居。冬十月、明石の君、六条院に入居。
		22 玉鬘	夏四月、玉鬘、筑紫から上京。秋九月、玉鬘、長谷寺に参詣して右近と出会う。冬十月、光源氏、玉鬘を六条院に迎える。

帝	年齢	巻	出来事
冷泉帝	36	23 初音	春正月、光源氏、六条院の女君たちのもとを巡る。
		24 胡蝶	三月、六条院春の町の船楽。秋好中宮の季の御読経。 夏、光源氏、玉鬘への懸想文を批評する。
		25 蛍	蛍兵部卿宮、蛍の光によって玉鬘の姿を見る。 光源氏、玉鬘に物語について語る。
		26 常夏	内大臣（頭中将）、近江の君の処遇に苦慮。
		27 篝火	秋、光源氏と玉鬘、篝火に寄せて歌を贈答。
		28 野分	八月、野分襲来。夕霧、紫の上を垣間見る。
		29 行幸	冬十二月、大原野行幸。
	37		春二月、光源氏、内大臣に玉鬘の出生を告白。玉鬘裳着。
		30 藤袴	秋、玉鬘の尚侍出仕が決まる。
		31 真木柱	冬十月ごろ、鬚黒、玉鬘と結婚。

	38	39	40	41
冷泉帝				
		准太上天皇		
	31 真木柱	32 梅枝 / 33 藤裏葉 / 34 若菜上	34 若菜上	34 若菜上
式部卿宮が髭黒の北の方を引き取る。	春正月、玉鬘、参内するものの髭黒に連れ戻される。 冬十一月、玉鬘、髭黒の男子を出産。	春二月、六条院で薫物合。明石の姫君、裳着。東宮元服。 夏四月、夕霧、雲井雁と結婚。明石の姫君、東宮に入内。 秋、光源氏、准太上天皇。内大臣（頭中将）、太政大臣。 冬十月、冷泉帝、朱雀院とともに六条院に行幸する。 年末、女三の宮、裳着。	春正月、玉鬘、光源氏の四十の賀を主催。 二月、女三の宮降嫁。 夏、明石の女御、懐妊。 冬十月、紫の上、光源氏四十の賀のため薬師仏供養。 十二月、秋好中宮、光源氏の賀のために諸寺に布施。 夕霧、光源氏のための賀宴を主催。	春三月、明石の女御、第一皇子（東宮）を出産。明石の入道、入山。 柏木、六条院の蹴鞠の遊びで女三の宮を垣間見る。

帝	年齢	巻	出来事
冷泉帝	41	34 若菜上	柏木、女三の宮ゆかりの唐猫を得て愛玩。
	〈42〜45〉	35 若菜下	〈この間、四年の空白〉
今上帝	46		冷泉帝譲位。今上帝即位。明石の女御腹第一皇子東宮となる。 冬十月、光源氏、願ほどきのため住吉に参詣。
	47		春正月、六条院で女楽。紫の上発病。 夏四月、柏木、女三の宮と密通。 紫の上、危篤、蘇生。六条御息所の死霊現れる。 冬十二月、光源氏、朱雀院五十賀を開催。
	48	36 柏木	春正月、女三の宮、薫を出産後、出家。柏木、死去。 三月、薫五十日の祝い。
	49	37 横笛	秋、夕霧、落葉の宮を訪れ、一条御息所から柏木遺愛の笛を贈られる。
	50	38 鈴虫	夏、女三の宮、持仏開眼供養。 秋八月、女三の宮方で鈴虫の宴。

今上帝

年齢・官職	巻名	主要項目
	39 夕霧	一条御息所死去。 冬、夕霧、落葉の宮と結婚。雲井雁、実家に戻る。
51	40 御法	春三月、紫の上、法華経千部供養。 秋八月、紫の上、死去。即日葬送。
52	41 幻	一年間、光源氏、紫の上の喪に服して籠もる。
(53~55)	雲隠	※巻名のみで、物語本文なし。 〈八年間の空白〉光源氏、出家して嵯峨に隠棲後、死去。
薫の年齢・官職	巻名	主要項目
14 右近中将	42 匂兵部卿	春二月、薫元服、侍従。 秋、薫、右近中将。
15		
16		
14	44 竹河	
15		春三月、蔵人少将、玉鬘の大君と中の君を垣間見る。 夏四月、玉鬘の大君、冷泉院に出仕。
16		夏四月、大君、冷泉院の姫宮を出産。

今上帝							
17	18	19 三位宰相中将	20	21	22	23 中納言	24
42 匂兵部卿				45 橋姫		46 椎本	47 総角
		薫、三位宰相中将。	春正月、六条院で賭弓の還饗。 薫、宇治の八の宮をはじめて訪問。		秋、薫、大君と中の君を垣間見る。 冬十月、薫、弁から出生の秘密を聞く。	春二月、匂宮、初瀬参詣の帰途、宇治に中宿りする。 秋八月、八の宮死去。	夏、薫、宇治で姫君たちの姿を垣間見る。 秋八月、薫、大君に求婚するものの拒絶される。 49 宿木
44 竹河							43 紅梅 夏、藤壺女御（今上帝の女二の宮の母）死去。
						秋、薫、中納言。	春、紅梅、匂宮を婿に望む。匂宮、宇治に通う。

今上帝

25

47 総角

冬十一月、大君、死去。

秋、薫、帝から女二の宮の降嫁の内意を受ける。

48 早蕨

春二月、中の君、匂宮の二条院に転居。

49 宿木

夏、中の君、懐妊。

秋八月、匂宮、夕霧の六の君と結婚。

中の君、薫に浮舟の存在を告げる。

26 権大納言兼右大将

春二月、薫、権大納言兼右大将。

中の君、匂宮の男児を出産。

薫、女二の宮と結婚。

夏四月、薫、宇治で浮舟を垣間見る。

50 東屋

秋、浮舟、二条院の中の君に託される。

匂宮、浮舟に言い寄る。

浮舟、三条の小家に転居。

九月、薫、浮舟と逢い、宇治に移す。

27

51 浮舟

春、匂宮、薫を装って浮舟と逢う。

薫、浮舟と匂宮とのことを知り、宇治の警護を厳しくする。

三月、浮舟、入水を決意する。

52 蜻蛉

春、浮舟、失踪。死者なき葬儀が行われる。

夏、薫、女一の宮を垣間見る。

53 手習

春、横川の僧都、浮舟を発見、保護する。

夏六月、浮舟、回復する。

今上帝	
27	28
52 蜻蛉	
53 手習 秋八月、浮舟、中将（小野の妹尼の娘婿）に懸想される。 九月、浮舟、出家。	春、薫、浮舟の存命を知る。
	54 夢浮橋 夏、薫、横川の僧都を訪問して事情を尋ねる。 薫、浮舟の弟の小君を小野に派遣する。 浮舟、対面を拒絶して沈黙を守る。

【引用文献および主な参考文献】(副題は省略)

阿部秋生他校注訳『新編日本古典文学全集　源氏物語』(1)～(6)小学館(1994～98)/山口佳紀他校注訳『新編日本古典文学全集　古事記』小学館(1997)/小島憲之他校注訳『新編日本古典文学全集　萬葉集』(1)～(3)小学館(1994～95)/小島憲之他校注訳『新編日本古典文学全集　日本書紀』(1)小学館(1994)/小沢正夫他校注訳『新編日本古典文学全集　古今和歌集』小学館(1994)/片桐洋一他校注訳『新編日本古典文学全集　竹取物語　伊勢物語　大和物語　平中物語』小学館(1994)/菊地靖彦他校注訳『新編日本古典文学全集　土佐日記　蜻蛉日記』小学館(1995)/三谷栄一他校注訳『新編日本古典文学全集　落窪物語　堤中納言物語』小学館(2000)/室城秀之校注『うつほ物語(全)[改訂版]』おうふう(2001)/松尾聰他校注訳『新編日本古典文学全集　枕草子』小学館(1997)/藤岡忠美他校注訳『新編日本古典文学全集　和泉式部日記　紫式部日記　更級日記　讃岐典侍日記』小学館(1994)/三角洋一他校注訳『新編日本古典文学全集　住吉物語　とりかへばや物語』小学館(2002)/片桐洋一校注『新日本古典文学大系　後撰和歌集』岩波書店(1990)/久保田淳他校注『新日本古典文学大系　後拾遺和歌集』岩波書店(1994)/樋口芳麻呂他校注訳『新編日本古典文学全集　松浦宮物語　無名草子』小学館(1999)/谷知子『カラー版百人一首』角川ソフィア文庫(2013)/円地文子『源氏物語私見』新潮社(1974)/折口信夫『折口信夫全集ノート編』(15)中央公論社(1971)/梶井基次郎『梶井基次郎全集(全一巻)』ちくま文庫(1986)/田山花袋『蒲団・重右衛門の最後』新潮文庫(1952)/山本健吉『古典と現代文学』講談社文芸文庫(1993)
玉上琢彌『源氏物語評釈』(1)～(12)角川書店(1964～68)/鈴木一雄監修『源氏物語の鑑賞と基礎知識』(1)～(43)至文堂(1998～2005)/秋山虔監修『週刊　絵巻で楽しむ源氏物語五十四帖』(1)～(60)朝日新聞出版(2011～13)/阿部秋生編『諸説一覧　源氏物語』明治書院

(1970)／秋山虔他編『講座源氏物語の世界』(1)～(9)有斐閣(1980～84)／上原作和編『人物で読む『源氏物語』』(1)～(20)勉誠出版(2005～06)／秋山虔監修『批評集成・源氏物語(5)戦時下篇』ゆまに書房(1999)／池田亀鑑『源氏物語入門[新版]』現代教養文庫(2001)／中野幸一監修『速習「源氏物語」がわかる!』かんき出版(1999)／小町谷照彦『あらすじで楽しむ源氏物語』新典社選書(2010)／『源氏物語大辞典』編集委員会『世界一わかりすぎる源氏物語』角川ソフィア文庫(2011)／鈴木日出男『知識ゼロからの源氏物語』幻冬舎(2008)／三田村雅子『NHK100分de名著　紫式部　源氏物語』NHK出版(2012)／林田孝和他編『源氏物語事典』大和書房(2002)／池田亀鑑編『合本　源氏物語事典』東京堂出版(1987)／秋山虔編『源氏物語必携』学燈社(1978)／秋山虔編『源氏物語必携Ⅱ』学燈社(1982)／秋山虔編『新・源氏物語必携』学燈社(1997)／秋山虔編『源氏物語事典』学燈社(1989)／秋山虔他編『源氏物語必携事典』角川書店(1998)／中野幸一編『新装版　常用源氏物語要覧』武蔵野書院(1995)／秋山虔他編『源氏物語図典』小学館(1997)／倉田実編『平安大事典』朝日新聞出版(2015)／西村亨編『折口信夫事典』大修館書店(1988)／山中裕他編『平安時代の儀礼と歳事』至文堂(1994)／池田亀鑑『平安朝の生活と文学』角川文庫(1964)

秋澤亙『源氏物語の准拠と諸相』おうふう(2007)／秋山虔『源氏物語の世界』東京大学出版会(1964)／秋山虔「源氏物語「初音」巻を読む」『平安時代の歴史と文学　文学編』吉川弘文館(1981)／秋山虔『源氏物語の女性たち』小学館(1987)／浅尾広良『源氏物語の准拠と系譜』翰林書房(2004)／阿部秋生『源氏物語研究序説』東京大学出版会(1959)／阿部好臣『物語文学組成論Ⅰ』笠間書院(2011)／池田和臣『源氏物語　表現構造と水脈』武蔵野書院(2001)／池田亀鑑『新講源氏物語』(上)(下)至文堂(1951)／池田弥三郎『光源氏の一生』講談社現代新書(1964)／石川徹『平安時代物語文学論』笠間書院(1979)／石田穣二『源氏物語論集』桜楓社(1971)／伊藤博『源氏物語の原

点』明治書院(1980)/伊藤博『源氏物語の基底と創造』武蔵野書院(1994)/今井源衛『王朝文学と源氏物語』今井源衛著作集(1)笠間書院(2003)/今井源衛『源氏物語登場人物論』今井源衛著作集(2)笠間書院(2004)/今西祐一郎『源氏物語覚書』岩波書店(1998)/岩原真代『源氏物語の住環境』おうふう(2008)/植田恭代『源氏物語の宮廷文化』笠間書院(2009)/大朝雄二『源氏物語正篇の研究』桜楓社(1975)/太田敦子『源氏物語　姫君の世界』新典社(2013)/折口信夫『古代研究』折口信夫全集(1)~(3)中央公論社(1995)/折口信夫『日本文学の発生　序説』折口信夫全集(4)中央公論社(1995)/折口信夫『伊勢物語私記・反省の文学源氏物語(後期王朝文学論)』折口信夫全集(15)中央公論社(1996)/河添房江『源氏物語表現史』翰林書房(1998)/工藤重矩『源氏物語の婚姻と和歌解釈』風間書房(2009)/久富木原玲『源氏物語　歌と呪性』若草書房(1997)/黒須重彦『夕顔という女』笠間書院(1975)/小嶋菜温子『源氏物語批評』有精堂(1995)/小嶋菜温子『かぐや姫幻想』森話社(1995)/後藤祥子『源氏物語の史的空間』東京大学出版会(1986)/小林茂美『源氏物語論序説』桜楓社(1978)/西郷信綱『日本古代文学史[旧版]』岩波全書(1951)/坂本和子「内侍玉鬘考」『国語と国文学』50-8(1973.8)/坂本昇『源氏物語構想論』明治書院(1981)/島津久基『源氏物語新考』明治書院(1936)/清水婦久子『光源氏と夕顔』新典社新書(2008)/清水婦久子『源氏物語の風景と和歌　増補版』和泉書院(2008)/清水好子『源氏の女君[増補版]』塙新書(1967)/清水好子『清水好子論文集』(1)武蔵野書院(2014)/鈴木日出男『源氏物語歳時記』ちくまライブラリー(1989)/鈴木日出男『源氏物語の文章表現』至文堂(1997)/鈴木日出男『源氏物語虚構論』東京大学出版会(2003)/高崎正秀『源氏物語論』高崎正秀著作集(6)桜楓社(1971)/高橋亨『源氏物語の対位法』東京大学出版会(1982)/高橋亨『源氏物語の詩学』名古屋大学出版会(2007)/高橋和夫『源氏物語の主題と構想』桜楓社(1966)/高田祐彦『源氏物語の文学史』東京大学出版会(2003)/武田宗俊『源氏物語の研究』岩

波書店(1954)／田坂憲二『源氏物語の人物と構想』和泉書院(1993)／立石和弘『男が女を盗む話』中公新書(2008)／野村精一『源氏物語の創造[増補版]』桜楓社(1975)／長谷川政春『物語史の風景』若草書房(1997)／林田孝和『源氏物語の発想』桜楓社(1980)／林田孝和『源氏物語の精神史研究』桜楓社(1993)／林田孝和『源氏物語の創意』おうふう(2011)／原岡文子『源氏物語の人物と表現』翰林書房(2003)／針本正行『平安女流文学の研究』桜楓社(1992)／日向一雅『源氏物語の主題』桜楓社(1983)／藤井貞和『源氏物語の始原と現在[定本]』冬樹社(1980)／藤井貞和『源氏物語入門』講談社学術文庫(1996)／藤井貞和『源氏物語論』岩波書店(2000)／藤本勝義『源氏物語の想像力』笠間書院(1994)／星山健『王朝物語史論』笠間書院(2008)／益田勝実「物語文学の成立」『国文学』12-15(1967.12)／益田勝実『益田勝実の仕事』(2)ちくま学芸文庫(2006)／松井健児『源氏物語の生活世界』翰林書房(2000)／三田村雅子『源氏物語　感覚の論理』有精堂(1996)／三谷邦明『物語文学の方法Ⅱ』有精堂(1989)／村井康彦『平安貴族の世界』徳間書店(1968)／柳井滋「源氏物語と霊験譚の交渉」『源氏物語　研究と資料』武蔵野書院(1969)／吉井美弥子『読む源氏物語　読まれる源氏物語』森話社(2008)／吉海直人『源氏物語の新考察』おうふう(2003)／吉澤義則『源氏物語今かがみ』新日本図書(1946)／鷲山茂雄『源氏物語主題論』塙選書(1985)／渡辺久寿「にほふ」『国文学』36-6(1991.5)／竹内正彦『源氏物語発生史論』新典社(2007)／竹内正彦「死者なき葬儀」『國學院大学大学院紀要文学研究科』21(1990.3)／竹内正彦「蛍火で女を見る話」『伊勢物語の表現史』笠間書院(2004)／竹内正彦「野に行く冷泉帝」『國學院雑誌』106-7(2005.7)／竹内正彦「光源氏の〈みさを〉」『源氏物語と文学思想　研究と資料』武蔵野書院(2008)／竹内正彦「儀礼の梅枝」『國學院雑誌』109-10(2008.10)／竹内正彦「そのそこの夕顔」『玉藻』45(2010.3)／竹内正彦「柏木の文袋」『文学』隔月刊16-1(2015.1)／竹内正彦「紫の上の二条院」『玉藻』50(2016.3)

本作品は当文庫のための書き下ろしです。

竹内正彦（たけうち・まさひこ）

國學院大學文学部日本文学科教授。一九六三年、長野県生まれ。國學院大學大学院博士課程後期単位取得退学。博士（文学）。専門分野は『源氏物語』を中心とした平安朝文学。

著書に、『源氏物語の顕現』（武蔵野書院、二〇一二年）、『源氏物語発生史論―明石一族物語の地平―』（新典社、二〇〇七年）、『源氏物語事典』（大和書房、共編著、二〇〇二年）ほか。

2時間でおさらいできる源氏物語

著者 竹内正彦

二〇一七年四月一五日第一刷発行
二〇二三年一一月五日第二刷発行

発行者 佐藤靖
発行所 大和書房
東京都文京区関口一−三三−四 〒一一二−〇〇一四
電話 〇三−三二〇三−四五一一

フォーマットデザイン 鈴木成一デザイン室
本文デザイン・柱イラスト 福田和雄（FUKUDA DESIGN）
図版作成 朝日メディアインターナショナル
本文印刷 シナノ
カバー印刷 山一印刷
製本 小泉製本

ISBN978-4-479-30647-4
乱丁本・落丁本はお取り替えいたします。
http://www.daiwashobo.co.jp